Super-HÉROS?

Jax Abbott

Super-HÉROS?

Jax Abbott

PRESSES AVENTURE

Presses Aventure, une division de **Les Publications Modus Vivendi inc.**
55, rue Jean-Talon Ouest, 2e étage
Montréal (Québec) H2R 2W8, CANADA

Première édition en langue française parue en 2006 sous le titre
Supernana !

Publié pour la première fois en 2004 par Dorchester Publishing Co., Inc.
sous le titre de Super What ?

Traduit de l'anglais par Marie-Josée Levadoux

Responsable de collection : Marie-Eve Labelle
Designer graphique : Émilie Houle
Illustratrice : Géraldine Charette

Dépôt légal — Bibliothèque et Archives nationales du Québec, 2011
Dépôt légal — Bibliothèque et Archives Canada, 2011

ISBN 978-2-89660-296-4

Nous reconnaissons l'aide financière du gouvernement du Canada par l'entremise du Fonds du livre du Canada pour nos activités d'édition.

Gouvernement du Québec — Programme de crédit d'impôt pour l'édition de livres — Gestion SODEC

Imprimé au Canada

CHAPITRE 1

ET NON, JE NE PORTE NI COLLANT NI CAPE

Si vous croyez que c'est la galère de commencer l'année dans un nouveau lycée[1], dites-vous que c'est pire pour la fille d'une superhéroïne épuisée. Ma mère a quitté la Ligue de la Liberté après que des êtres démoniaques aient tenté d'envahir la terre et provoqué la disparition de mon père. Pourquoi les méchants veulent-ils toujours contrôler le monde ? Pourquoi ne se contentent-ils pas de s'emparer de, disons, Miami ? Ils pourraient se défouler sur les trafiquants de drogues – ce qui, entre vous et moi, ne ferait de peine à personne – et ils auraient les plages en prime. Mais non, il faut toujours qu'ils convoitent la terre entière. Je vous le dis, la plupart des méchants souffrent d'avidité de pouvoir chronique.

Nous voici donc à Skyville, en Floride. Mon année de seconde allait bientôt commencer et je ne connaissais absolument personne. Je me disais que s'il fallait qu'un prof boiteux me demande de me lever et de raconter ma vie, j'étais bonne pour la camisole de force.

Ma première journée débuta par un cours d'algèbre. Le prof avait à peu près cent ans. En entrant dans la salle, je repérai immédiatement une place dans la rangée juste après celle du milieu. La sélection d'un siège est très stratégique. Trop près du tableau vous met dans la catégorie des lèche-bottes toujours prêts à lever la main, avec un regard qui supplie : « Moi ! Moi !

[1] Traduction libre de *high school*. Aux États-Unis, le lycée (ou enseignement secondaire) est d'une durée de sept ans et les élèves terminent à 18 ans pour se diriger directement à l'université.

Choisissez-moi ! Laissez-moi vous raconter l'histoire fascinante des équations du second degré ! » (Il y a bien plus d'une équation, n'est-ce pas ?)

Trop près du fond suscite la méfiance du prof à votre égard et l'intérêt des ratés, gros durs et clowns de service qui pensent que vous voulez les fréquenter. Près du milieu, c'est parfait – la zone neutre. Méfiez-vous. Certains profs font le coup du « nom sur le plan de classe » qui vous cloue à votre place jusqu'à la fin de l'année. À cause de cette manie de prof, j'ai dû endurer pendant toute une année les flatulences de Freddie Sedgewick, derrière qui j'avais eu le malheur de m'asseoir en bio.

En me glissant derrière le pupitre de mon choix, j'eus un doute sur ma tenue vestimentaire. J'avais opté pour une minijupe en denim noir au bout de seulement six essayages, alors que je consacre normalement beaucoup plus de temps à la sélection de mes vêtements. Voyez-vous, ma sœur Chloé et moi devons maintenant partager la même salle de bain, et ce matin, la petite peau n'arrêtait pas de gémir derrière la porte. Comme si j'avais le temps de me préoccuper des gamines de sept ans à la vessie minuscule.

En tout cas, le petit haut court assorti à ma jupe devait encore traîner sur le plancher de ma chambre, là où je l'ai jeté quand maman a pété les plombs. Quelque chose à propos de la sensibilité des gens du Sud et le fait de montrer mon nombril à l'école. Peu importe. Si un petit bout de chair suffit à scandaliser la ville entière, j'étais loin, super loin de mon élément. J'avais donc revêtu un simple t-shirt stretch vert lime qui ne paraît bien que sur les FSS (filles sans seins). Malheureusement, je dois admettre qu'il me seyait particulièrement bien, si vous voyez ce que je veux dire.

En regardant la classe se remplir, je constatai que ma théorie de choix de place s'appliquait autant ici qu'à Seattle. Les élèves assis près de moi semblaient assez normaux. Dans la première rangée, celle des fayots, l'un des gars avait un téléphone cellulaire, un téléavertisseur, un Palm Pilot et d'autres bidules électroniques tous attachés à sa ceinture. Un parfait techno-nerd fanatique de gadgets. Le directeur de mon ancien lycée aurait confisqué tous ces machins-là, mais je suppose qu'ils étaient plus coulants ici.

– Hé, la nouvelle ! Joli sac à dos.

Je décrochai mes yeux de la première rangée et tournai la tête vers la fille assise à côté de moi. Elle était le genre blonde aux longs cheveux raides et soyeux qui vous fait regretter illico votre spray coiffant et la demi-heure supplémentaire que vous auriez dû passer à jouer du sèche-cheveux. N'eût été de son sourire et de son regard amical, je l'aurais haïe pour sa chevelure. Mais cela aurait été superficiel de ma part.

(Note à ma yankee de mère aux préjugés mal placés : je peux voir tout son nombril au-dessous de son petit haut court mauve.)

– Merci. Scooby-Doo, c'est rétro, mais avec Sarah Michelle Gellar dans le rôle de Daphné dans le film, ça jette, hein ? Je ris, en espérant ne pas passer pour une vraie débile. Heureusement, elle se mit à rire aussi.

– Le mien n'est pas original, dit-elle en pointant du doigt le sac à dos noir à ses pieds, mais je me rattrape avec ma boîte à lunch Gwen Stefani-surfant-avec-Michelle Branch.

– Tu rigoles ! Je ne savais même pas que ça existait. C'est super hot !

– En fait, tu ne peux pas en acheter. Je l'ai fabriquée moi-même, confessa-t-elle timidement, en tirant sur la fermeture éclair de son sac à dos. Puis, elle sortit sa petite boîte de métal pour me la montrer. C'était incroyable. Je pouvais presque sentir le décolorant des cheveux platine de Gwen et il y avait une sorte de fini brillant comme du vernis à ongles ultra dur.

Je la regardai, les yeux tout écarquillés.

– Une vraie artiste ! Très impressionnant. Au fait, je m'appelle Jessie. Jessie Drummond. Elle sourit de nouveau, les joues un peu roses. J'aime les gens qui sont gênés par les compliments plutôt que ceux qui s'attendent à en recevoir à la pelle.

– Moi, c'est Lily. Bienvenue au lycée de Skyville, Jessie.

Une voix s'immisça soudainement dans notre conversation, avec ce genre de ton faussement gentil qui d'habitude ne présage rien de bon.

– Comme c'est sympa. Lily chérie se fait une amie. Méfie-toi la nouvelle ou tu seras condamnée à manger à la table des ratés. Mais à en juger tes souliers, il y a peut-être un brin d'espoir.

Je levai les yeux vers un visage snob perché sur un corps vêtu de soie. (J'adore ça, la soie. Pas le corps, ni le visage.)

– Oh ! Ces vieilles affaires ? dis-je en désignant d'un geste désinvolte mes chaussures à talons Marc Jacobs en cuir noir verni, embossé de petits cœurs. Ces souliers m'avaient coûté deux mois de gardiennage mais dans les situations de « montre tes souliers et je te dirai qui tu es », ils valaient leur pesant d'or !

– On ne se trompe pas avec des Marc, affirma-t-elle en étirant un pied chaussé de Marc rouge dans l'allée avant de s'asseoir devant moi. De toute évidence, elle était l'une des « populaires » du lycée. À moins de sortir d'un trou, vous repérez tout de suite la clique des filles populaires. Elles portent les bonnes chaussures et la bonne coiffure, sortent avec les bons gars et mènent une vie parfaite. Elles sont surtout fondamentalement ennuyeuses. À cause de ses longs cheveux blonds et de ses longues jambes minces de meneuse de claque, j'avais mis Lily dans la clique. Mais dès ses premières paroles, j'avais vu qu'elle était dotée (en plus) d'un cerveau plein de cellules.

– Moi, c'est Kelli. Kelli avec un i. Elle rejeta par-dessus son épaule une vague de cheveux marron foncé, avec des mèches auburn parfaitement teintes, et me fixa d'un regard vert glacial. (Des lentilles de contact colorées, à coup sûr.)

– Heureuse de te connaître. Je suis Jessie. Jessie avec un i-e. Je souris et fut sauvée par la cloche. Littéralement. Le cours allait débuter et Kelli se tourna vers le tableau. Lily attira mon attention et roula les yeux en direction du dos de Kelli. Je refoulai mon fou rire. Ce n'est jamais bon de se moquer d'une populaire le premier jour de classe.

Après une éternité, la cloche sonna enfin. Le cours avait été ennuyeux et sans nouveauté. Je suppose qu'il n'y a pas beaucoup de différence entre algèbre I et algèbre II. Je veux dire, jusqu'à quel point une variable inconnue X peut-elle varier ? Elle peut soit s'ajouter, soit se soustraire, ou – si elle perd les pédales et s'affole – se multiplier. La belle affaire. Franchement, je ne vois pas où cela mène. Personne ne dit : « Voici votre billet de cinéma. Cela fera trois fois X à la puissance trois dollars, et X moins Y sur sept cents. Merci, le stand de pop-corn, c'est par là. » En réalité, qui utilise l'algèbre ? Je parie que ce cours n'est même pas obligatoire à Belmont, l'école des super mômes de Chloé (la petite morveuse) que seuls les enfants de superhéros dotés de superpouvoirs sont invités à fréquenter, ce qui n'est pas mon cas.

Tout en fourrant mes affaires dans mon sac à dos, je me demandais où se trouvait la salle de classe d'anglais. Tandis que je me levais, quelqu'un se saisit de mon sac. Un type du genre beau mec. Du genre délicieusement beau mec. D'accord, je me répète, mais ouf ! totalement *à croquer*. Il était grand avec de vrais muscles sous sa chemise Tommy – pas les muscles du primate poilu qui passe tout son temps au gym et qui se bourre de stéroïdes au petit déjeuner, mais ceux d'un bel étudiant normal et gentil, dont le côté athlétique est aussi naturel que ses yeux bleus et ses cheveux bruns striés de mèches blondes. Remarquez bien que je ne lui prêtais guère attention. Ce matin-là, j'avais fait le vœu solennel d'ignorer tous les garçons jusqu'à ma deuxième semaine d'école.

– Salut, c'est toi Jessie ? J'ai vu ton nom sur le fameux plan de classe. Je suis Mike. Mike Brooklyn. Où tu vas ? Moi, j'ai un cours d'anglais.

Il me sourit et je crus voir un éclair dans ses yeux. Un vœu fait sur la tête d'un Pop Tart aux bleuets, ça ne compte pas vraiment, hein ? Celui-là n'avait même pas de glaçage.

– Moi aussi, alors je te suis. Et toi Lily ? Je ne voulais pas laisser tomber une nouvelle amie potentielle pour le premier gars croisant mon chemin, aussi hot fut-il.

– Alors Lil, est-ce que tu viens voir M. Shakespeare avec nous ? Mike sourit à Lily et tira sur le bout de ses cheveux pendant qu'elle se levait. Je les observai, à la recherche de signes de friction, mais Lily souriait. Ils se comportaient comme de vieux amis. Bien sûr, tout le monde à Skyville, Floride, se connaissait probablement depuis le berceau. De tous les endroits de la Galaxie, maman avait déniché la seule ville où le mot anonymat n'existe pas. J'avais donc zéro chance de passer inaperçue dans ma nouvelle école. Je tentai d'ignorer mes idées noires en poursuivant sur la question de Mike.

– M. Shakespeare ? Tu te moques de nous, hein ? Un prof d'anglais qui s'appelle Shakespeare, c'est comme un prof d'algèbre qui se nommerait… euh… disons XXX.

– Oui, et imagine comme ce serait excitant de résoudre des équations avec Vin Diesel. Il est super beau, dit Lily en me lançant un sourire carrément démoniaque.

En riant, nous suivîmes Mike dans le corridor.

– Je suis d'accord avec toi. Toutefois, je préfère les crânes chevelus aux crânes rasés. Plus précisément, j'ai un faible pour les mecs aux cheveux longs – comme cet acteur qui interprète Legolas dans la trilogie du *Seigneur des Anneaux* que ma mère m'a traînée voir. Il jouait aussi dans le film sorti ce printemps avec Brad Pitt, sauf que sa coiffure était différente. Dommage. J'aurais suivi cette tignasse blonde jusqu'au bout de la terre. (En réalité, je sais bien qu'il s'appelle Orlando Bloom et je sais tout ce qu'il faut savoir sur lui, mais j'évite de montrer que je suis une fan obsédée. Pas cool.)

Mike s'arrêta devant la porte de la classe, me regarda d'un air qui se voulait libidineux et secoua ses propres cheveux blonds.

– C'est bon de savoir que tu craques pour les blonds, Jess. As-tu d'autres secrets juteux à nous confier ?

Et voilà. J'étais une vraie ratée. Je devais donner l'impression d'en pincer pour Mike à cause de cette affaire de cheveux. Je pouvais sentir mon visage passer par au moins seize tons de rouge.

– Non, je voulais dire… je veux dire… c'était juste que cet elfe avait… oh ! laisse tomber. Je roulai des yeux et me faufilai dans la classe. En passant, j'arrachai mon sac à dos des mains de Mike.

– Je te taquinais, Rouquine.

– Et ne m'appelle pas Rouquine. Pfff ! Pourquoi, me demandai-je pour la quatre millième fois, étais-je née avec des cheveux roux bouclés ? Pourquoi n'avais-je pas les cheveux blonds et raides de maman et de Chloé ? Ou les cheveux noirs et soyeux de papa ? Pourquoi avais-je hérité de ceux de ma folle de grand-mère Élisabeth, que je n'avais pas revue depuis la naissance de Chloé ?

Mike se contenta de rire. Il me suivit dans la classe et s'assit dans la rangée derrière moi. *Génial. Maintenant, je vais me demander sans arrêt si les bretelles de mon soutien-gorge paraissent à travers mes chemisiers.*

Le professeur d'anglais se nommait M. Sherman, mais tout le monde l'appelait ouvertement M. Shakespeare, ce qui semblait ne pas lui déplaire. Il était correct mais n'arrêtait plus de discourir sur les résultats attendus et les examens finaux, ainsi que sur la nécessité de tenir un journal. J'en profitai donc pour passer en revue les plus beaux élèves de seconde de Skyville – en fait, les seuls puisqu'il n'y avait qu'un seul lycée.

Près de la fenêtre, un garçon vraiment mignon, mais un peu maigrichon, semblait s'ennuyer autant que moi. Je le surpris en train de me regarder. C'était plutôt normal, je veux dire, quelles étaient les chances qu'une nouvelle élève atterrisse dans ce bled ? J'étais donc une sorte de curiosité. Holà. Shakespeare était en train de me parler.

– Hum… je suis désolée M. Shakespeare… euh… Sherman. Je prenais des notes et je crois que j'ai mal entendu votre question.

– C'est son premier jour de classe et elle ne se donne même pas la peine d'écouter. Elle se croit sans doute meilleure que tout le monde, dit Kelli d'une voix suffisamment forte pour être entendue dans un périmètre de quatre places autour d'elle. Le lien créé par nos Marc respectives s'était déjà dénoué.

Tout le monde pouffa de rire. C'était comme si mon pire cauchemar devenait réalité, celui dans lequel je me réveille dans une salle de classe, en plein examen. Je n'ai que mes sous-vêtements sur le dos et je n'ai pas étudié. Tout le monde se moque de moi, comme maintenant, dans ce cours d'anglais. Et même si j'étais habillée, je me sentais affreusement mal.

– Jessie, je vous demandais si vous aimeriez vous lever et nous parler de vous.

M. Sherman semblait assez patient pour un vieux. Il devait avoir au moins trente ans.

– Euh… pas vraiment.

– Pardon ? demanda M. Sherman sur un ton maintenant impatient.

– Euh… je n'ai pas vraiment envie de me lever et de parler de moi. En fait, ma vie est plutôt ennuyeuse. Je me sentais rougir jusqu'aux oreilles. Que pouvais-je dire d'autre ? « *Salut tout le monde. Ma mère et mon père étaient des superhéros de la Ligue de la Liberté. Ils passaient le plus clair de leur temps à combattre des êtres malfaisants pour préserver la démocratie dans le monde. Dans leur temps libre, ils faisaient les courses ou tondaient la pelouse. Mais il y a deux ans, des méchants ont tué mon père. Ma mère a cessé de s'en faire pour le monde et nous avons abouti dans cette ville ridicule pour permettre à mon exécrable sœur de sept ans de poser ses fesses de super prodige de la télékinésie sur les bancs d'une école spéciale, tandis que moi – l'estropiée de la famille, le seul membre à être dépourvu de superpouvoirs en sept générations – je dois me résigner à aller au lycée avec vous, les Normaux.* » Pensez-vous qu'ils auraient tiqué ?

À ce point-ci, le visage de M. Sherman avait considérablement rougi et jurait avec sa chemise orange-crotte-de-bébé.

– C'est ce que l'on appelle une question rhétorique, Jessie. Savez-vous ce qu'est une question rhétorique ? Je suis sûr qu'on posait des questions rhétoriques à Seattle. En fait, Seattle n'est-elle pas réputée pour sa rhétorique ?

– Je…

– Arrêtez. C'était en soi une question rhétorique. Il ne criait pas, techniquement parlant, mais il soufflait par le nez comme un taureau qui s'échauffe. Vous pouvez donc vous lever et venir au tableau pour nous parler de vous.

À l'expression grave de son visage, je compris que le débat était clos. Je pris une grande inspiration et vis Lily qui me souriait avec compassion. Sa bouche articula des mots qui semblaient vouloir dire *bonne chance*. Je me levai et me traînai péniblement vers l'avant de la classe, en tentant d'ignorer les hennissements et les grognements sur mon passage. Je m'arrêtai en face du type qui se prenait pour une succursale de RadioShack.

Même *lui* semblait désolé pour moi. Lorsque les dégénérés ont pitié de vous, c'est signe que vous avez touché le fond.

– Mon nom est Jessie Drummond et je viens de Seattle. Mon père est mort et ma mère a voulu déménager. Voilà, c'est tout.

En regagnant ma place, je remarquai avec une sorte de triomphe malsain l'attitude gênée de M. Sherman. C'était odieux de jouer l'atout « mon père est décédé », mais j'avais appris au cours des deux dernières années que cette carte me procurait une certaine liberté vis-à-vis des adultes qui voulaient me dicter ma conduite. Et c'était vrai. Papa était mort. Il m'avait quittée parce qu'il devait jouer le superhéros tout le temps. S'il s'était préoccupé de moi, il serait resté à la maison. Il aurait été un papa ordinaire et aurait laissé les gens sans enfants se charger des méchants. Mais cela n'avait plus d'importance. Deux ans s'étaient écoulés et je devais tourner la page.

Pendant que je m'enfonçais dans ma chaise, M. Sherman toussota et s'agita devant le tableau. Puis, il se tourna vers la classe et dit :

– Oui... bien. Nous sommes désolés pour votre perte, Jessie. Et bienvenue à Skyville.

– Merci, marmonnai-je. Je me baissai ensuite pour prendre un stylo dans mon sac. Tout en me battant avec la fermeture éclair, je sentis une douleur déchirante dans mon ventre ou, comme dirait maman, mon utérus. *Appelle les choses par leur nom, Jessie. Féminisme signifie prendre possession et contrôle de son propre corps*. Comme si je voulais être une féministe de seconde et laisser pousser mes poils d'aisselles. Beurk !

Je me redressai vraiment, vraiment lentement, en espérant en dépit de tout que la douleur n'était pas ce que je pensais que c'était. Impossible. Mes règles n'étaient pas supposées arriver avant une semaine. Maman disait que le stress pouvait agir sur les hormones et que je devais par conséquent transporter en tout temps des « protections » dans mon sac à dos. Ce serait vraiment dégoûtant et injuste que j'aie à subir *ça* le premier jour d'école ! J'étais si frustrée que j'avais envie de cogner ma tête sur mon bureau. Et c'est alors que j'entendis les mots que tout enfant redoute dès le jour où il sait se servir d'un crayon :

– Maintenant, prenez une feuille et relatez ce que vous avez fait pendant les vacances.

Tout le monde se mit à grogner et j'en fis de même. En fait, mon grognement était pire que ceux des autres parce que, au même instant, une autre horrible crampe transperça mes entrailles. Je levai les yeux au plafond et me demandai s'il restait encore une cerise à mettre sur le glaçage du gâteau de ma vie. Et c'est alors que les vitres commencèrent à exploser.

CHAPITRE 2

CE N'EST PAS UN OISEAU; CE N'EST PAS UN AVION...

C'était hallucinant ! Tout d'un coup, en plein milieu de l'(in)intéressante discussion de M. Sherman sur les essais personnels en littérature moderne, et en plein milieu d'une épouvantable crampe qui ne torturait que moi, les cinq fenêtres de la pièce se mirent à voler en éclats, l'une après l'autre. Sans aucune raison apparente.

Évidemment, tout le monde paniqua. Shakespeare nous cria de nous mettre à l'abri sous les bureaux. Les élèves renversèrent des choses partout. Kelli-avec-un-i se mit à hurler plus fort que tout le monde. Mike s'élança dans l'air, attrapa Lily et moi et nous poussa derrière lui, loin des fenêtres. C'était la chose la plus cool que j'aie jamais vue. Je veux dire, pour un Normal. J'étais habituée aux exploits des superhéros, mais qu'un Normal fasse preuve d'héroïsme, cela me touchait au plus haut point. N'allez pas penser pour autant que j'avais un penchant pour Mike, ou quelque chose du genre. *Dénégation pure, me direz-vous ?*

Heureusement, quatre fenêtres sur cinq avaient explosé vers l'extérieur; ainsi, les éclats de vitre avaient atterri principalement dans la cour ou près des fenêtres. Étrangement, la cinquième avait explosé vers l'intérieur et tous les éclats s'étaient abattus sur le bureau de Kelli et autour. Par chance, Kelli avait déjà bondi de son siège et couru vers le mur le plus éloigné des fenêtres pour se protéger.

Lorsque les bruits de verre fracassé cessèrent, tout le monde se releva, regarda les fenêtres, puis se regarda. Nous étions tous en état de choc. M. Sherman semblait abasourdi lui aussi, mais il reprit vite ses esprits et nous fit sortir dans le corridor, en rang deux par deux, selon la procédure d'évacuation en cas d'incendie. Alertés par les bruits, d'autres professeurs avaient accouru pour voir ce qui se passait. Je m'attendais à ce que les élèves des autres classes surgissent aussi dans le couloir, mais il n'en fut rien.

Tout cela semblait insensé. En chemin, je jetai un coup d'œil furtif dans l'une des classes. Toutes les fenêtres étaient intactes. Je n'y comprenais rien. Je décidai de rompre les rangs pour aller vérifier la salle en face de la nôtre. Là aussi, aucune fenêtre brisée. Rien.

– Jessie, retournez dans le rang s'il vous plaît. Nous allons descendre dans le gymnase en attendant de comprendre ce qui s'est passé. M. Sherman semblait distrait et se tenait avec un petit groupe de professeurs. Ils discutaient à voix basse, mais je réussis à saisir quelques bribes de leur conversation.

– Un accident bizarre…

– Encore un essai aérien de la base aéronavale de Jacksonville... mur du son ?

– Juste dans une salle ?

– Renvoyer les élèves chez eux ?

Mme True, la directrice, arriva finalement au pas de course. Elle avait l'air bien trop jeune pour être directrice, mais elle savait certainement agir comme telle. Elle avait une voix froide à vous glacer le sang, la voix du commandement.

– Écoutez-moi tous. Jusqu'à ce que l'ordre soit rétabli, le cours d'anglais se déroulera dans le gymnase. Est-ce qu'il y a des blessés ?

Il n'y avait aucun blessé, Dieu merci, mais Kelli demanda à rentrer chez elle pour se remettre du traumatisme émotionnel qu'elle venait de subir. Dorloter les élèves n'était pas dans les habitudes de Mme True.

– Je suis sûre que vous pourrez récupérer dans le gymnase, Kelli. Nous allons trouver la cause des explosions et nettoyer tout ce désordre. En attendant le prochain cours, suivez Mike jusqu'au gymnase et parlez à voix basse.

Toute la classe descendit sagement derrière Mike jusqu'au gym. Kelli rattrapa Mike et, agrippée à son bras, lui donna une version mélodramatique de ce qui aurait pu lui arriver – *la mort* – si elle était restée plus longtemps à son pupitre. Comme il ne semblait guère incommodé par Kelli cramponnée à son bras, Mike baissa un peu dans mon estime.

À l'entrée du gym, le méga beau garçon que j'avais déjà remarqué me dépassa et me tint la porte.

– Vraiment bizarre, hein ?

– Complètement. Qu'est-ce qui a bien pu provoquer ça ? Moi, c'est Jessie, mais je suppose que tout le monde le sait depuis ma lamentable prestation, dis-je en roulant des yeux. Il sourit. Au risque de paraître superficielle, je le trouvais excessivement craquant. Il avait de délicieux yeux brun foncé et des cheveux noirs ondulés comme ceux de l'acteur qui joue le rôle de Clark Kent dans *Smallville*. (Maman, Chloé et moi prenions un malin plaisir à regarder toutes les séries télé de superhéros et à rire de leurs incohérences.)

– Salut Jessie. Je m'appelle Seth. Toute une première journée pour toi, hein ? Il sourit de nouveau, et je vous le dis, ou bien ce gars-là avait subi un sacré traitement orthodontique, ou bien il était né avec un sourire de pub de dentifrice.

Nous nous dirigeâmes vers les gradins et nous installâmes sur celui du bas. Tout en discutant, j'observais le gymnase. Il était identique à celui de mon ancien lycée. À croire que les mêmes normes de décoration s'appliquaient à tous les gyms du pays. Drapeau de l'école tout délavé ? Oui. Gigantesque image de la mascotte de l'école peinte sur le plancher ? Oui. Murs de parpaing laids ? Oui. Affiches de divers championnats sportifs dont personne ne se soucie, sauf les parents des joueurs ? Oui.

– ... explosé ? demanda Seth, me prenant en flagrant délit de vagabondage mental.

– Désolée, Seth. Je crois que je suis encore sous le choc. Tu disais ? Il me regardait en plissant les yeux et en inclinant la tête d'un côté.

– Je disais, sais-tu pourquoi ces fenêtres ont explosé ?

J'inclinai la tête à mon tour.

– Comment pourrais-je savoir quoi que ce soit ? Je viens tout juste d'emménager, alors je ne suis pas vraiment au courant de vos essais aériens ou de vos conditions météo bizarroïdes.

– Tu sais, je pensais que... Rien. Je crois que je suis un peu déboussolé moi aussi. Allez, à plus tard.

Il déplia ses longues jambes, se leva et se dirigea vers l'endroit où la plupart des gars faisaient des paniers sans conviction. Tandis que je me demandais à quoi tout cela rimait, Lily prit place à côté de moi.

– Bravo ! Mike Brooklyn et Seth Blanding, tous les deux dès ta première journée. Tu es un aimant à beaux mecs ou quoi ?

Il n'y avait aucun soupçon de jalousie dans sa voix et elle me souriait, alors j'en fis autant.

– C'est eux les canons de la classe de seconde ? En tout cas, ils sont super mignons.

– Ouais, ce sont à peu près les seuls à Skyville. Il y avait un mec encore plus hot mais, manque de pot, il a déménagé à Jacksonville lorsque son père a changé de boulot.

– On dirait que cela te touche personnellement... Elle sourit et fit glisser une mèche de cheveux derrière son oreille.

– Tu ne crois pas si bien dire. C'est mon petit ami, John Bingham. On vit maintenant une relation à distance et c'est dur. Mais John sera ici pour le Mini-Bal et passera le week-end chez son oncle et sa tante. Je pourrai enfin le voir à satiété. En attendant, on s'envoie des courriels en masse et on clavarde tous les soirs. En plus, ma mère me laisse utiliser son cellulaire très souvent. Minutes illimitées – super avantageux.

J'acquiesçais par des sons, mais mon cerveau s'était bloqué sur un mot.

– C'est quoi le Mini-Bal ?

Lily roula des yeux.

– Oh ! C'est officiellement le bal de l'automne, mais nous l'appelons le Mini-Bal parce que tout le monde s'habille presque aussi chic que pour le bal de fin d'année. Le Mini-Bal a toujours lieu le week-end du festival mondial de la fleur d'oranger de Skyville qui se tient chaque année au mois de septembre. Comme tu as pu le remarquer, l'école commence affreusement tôt en Floride. Partout ailleurs, elle ne débute pas avant le jour de la fête du Travail. Alors, j'imagine que nous avons un bal supplémentaire pour nous récompenser.

– Hum… le festival mondial de la fleur d'oranger de Skyville ? Jamais entendu parler de ça. Elle rit.

– Alors bienvenue dans la vie d'une petite ville. Hé, il faut que tu viennes avec moi à la parade, tu auras l'occasion d'y voir certains de tes voisins pousser leur tondeuse à gazon au beau milieu de la rue principale. Je te parie que tu n'as jamais vu une chose pareille à Seattle.

Nous étions tordues de rire lorsque Shakespeare et la directrice firent leur entrée. Ils parlaient toujours à voix basse pour que nous, les enfants, n'entendions pas leur importante conversation d'adultes. Puis, Mme True s'arrêta et s'adressa à la classe.

– Nous avons décidé de vous laisser partir plus tôt, afin d'enquêter sur la cause de l'incident qui s'est produit aujourd'hui. Des autobus seront à l'entrée dans une quinzaine de minutes. Si vous avez besoin d'appeler quelqu'un pour venir vous chercher, faites-le maintenant. Utilisez les téléphones du bureau administratif ou les téléphones publics du hall d'entrée.

Lily et moi échangeâmes des regards surpris. L'affaire devait être suffisamment grave pour justifier la fermeture de l'école. À Seattle, il fallait pratiquement une catastrophe naturelle pour que l'on renvoie les élèves chez eux.

– Je crois que je vais appeler ma mère, dis-je. Je n'ai pas envie de rentrer à pied, surtout avec ces chaussures, et je n'ai aucune idée de l'autobus à prendre.

– J'habite à deux pas. Tu veux venir chez moi ?

Je réfléchis rapidement. Maman ne devait arriver qu'à trois heures. Je pouvais donc traîner chez Lily en attendant. (Rentrer à la maison signifiait aider maman à défaire les boîtes.)

– D'accord. Je reviendrai ici à trois heures pour retrouver ma mère. Nous attrapâmes nos sacs à dos et suivîmes la foule qui se pressait vers la porte. Évidemment, tout le monde parlait d'explosion de vitres. Tout ce qui pouvait faire dévier le spot loin de Jessie Drummond, la nouvelle, faisait mon affaire. Une fois dehors, je vis la voiture du shérif arriver et se garer le long du trottoir avec son gyrophare allumé.

– Pourquoi le shérif est-il ici ? Il n'y a pas eu de crime ou quelque chose du genre. Si quelqu'un avait tiré de l'extérieur sur les fenêtres, les vitres auraient implosé, et non explosé. Je réfléchissais à voix haute, mais Mike nous rattrapa à ce moment-là et m'entendit.

– Bien pensé, Rouquine. Tu pourrais t'enrôler dans la brigade spéciale de Skyville.

Il me gratifia d'un grand sourire et j'oubliai presque combien je détestais être appelée Rouquine.

– Ne te fiche pas de moi. Il ne faut pas être Sherlock Holmes pour arriver à cette conclusion. Et puis, arrête de m'appeler Rouquine. Je lui rendis son sourire, histoire de lui montrer que je ne lui en voulais pas tant que cela.

– D'accord, à plus tard. L'entraînement de foot commence plus tôt aujourd'hui puisque les cours sont finis. Lil, surveille bien la petite nouvelle. Il s'éloigna, mains dans les poches, vers le terrain de football derrière l'école. J'essayais de le regarder le plus discrètement possible, mais Lily me prit sur le fait et pouffa de rire.

– Holà ! Ça y est, tu as attrapé la Mike-itis.

J'avais les joues très chaudes.

– Mais non, je ne fais que remarquer les gars miam-à-mort lorsqu'ils passent.

– C'est cela. Si tu le dis. Mais méfie-toi. Il y a quelque chose entre Mike et Kelli. Une relation bizarre et autodestructrice, mais bon... tout est peut-être fini entre eux. Hé ! Tu devrais faire partie du comité d'organisation du Mini-Bal avec moi. Je suis en charge des décorations et Mike et l'équipe de foot m'aident toujours à suspendre des trucs. Cela te donnerait des moments privilégiés avec M. Miam.

– Bon... euh... d'accord. Mais si jamais tu lui répètes que je l'ai appelé miam-à-mort, je te tue. J'utilisai ma voix la plus méchante possible, à la Evil Kim, et nous éclatâmes de rire.

Comme nous nous apprêtions à traverser le parking, une camionnette des services des nouvelles, avec une grande antenne installée sur le toit, arriva en trombe et s'arrêta dans un crissement de pneus à côté de la voiture du shérif.

– Je suppose qu'il ne se passe pas grand-chose ici, si des fenêtres cassées font les nouvelles, dis-je.

– Elles n'ont pas juste été cassées. Je crois que des fenêtres qui explosent spontanément feraient la une partout ailleurs.

– Ouais... tu as probablement raison. Fichons le camp d'ici.

En arrivant sur le trottoir qui menait chez Lily, sur la rue principale, je remarquai sur le côté de l'école un type qui me dévisageait. C'était Seth. Je levai la main pour le saluer, mais il recula dans l'ombre du bâtiment éclairé par le soleil de midi et disparut. Super amical. Manifestement, quelque chose ne tournait pas rond chez ce gars-là, aussi craquant soit-il.

– Allons, Jessie. As-tu l'intention de rester ici toute la journée à fixer le lycée ?

Je jetai un dernier coup d'œil vers l'endroit où se tenait Seth et courus rattraper Lily. Cette journée était la plus bizarroïde de toutes les premières journées d'école de ma vie. J'avais hâte de goûter à quelques heures de vie ordinaire, toute simple, avec une famille de Normaux. Une Midol me ferait bien plaisir aussi.

CHAPITRE 3

GRAND-MÈRE À LA RESCOUSSE

En revenant à l'école à trois heures moins dix pour y retrouver maman, je vis que son auto était déjà dans le parking. (À moins que quelqu'un d'autre en ville possède une coccinelle vert pomme avec un autocollant DITES NON À LA KRYPTONITE collée sur le pare-chocs.)

Holà ! Elle allait sûrement me passer un savon pour ne pas l'avoir appelée. Comme sa voiture était vide, je me dirigeai vers l'école. Je la vis sortir par la porte principale, accompagnée d'un type en uniforme qui était soit un scout géant, soit le shérif appartenant à la voiture stationnée devant l'école. Maman m'aperçut et ses épaules tombèrent un peu, comme si tout son corps poussait un soupir de soulagement. Puis, elle plissa les yeux – son expression caractéristique pour dire « tu es privée de sortie jusqu'à l'université » – et me cria après.

– Jessie ! Où étais-tu ? Je me suis fait un sang d'encre pour toi !

Le shérif, qui marchait un peu trop près de maman, si vous voulez mon avis, fit un pas sur le côté et regarda maman comme s'il était surpris d'entendre une voix aussi forte sortir d'un si petit corps. Maman disait que les gens sous-estimaient toujours ses forces à cause de sa petite taille – à peine un mètre soixante et guère plus de quarante-six kilos. Mais elle était vraiment très forte même sans ses superpouvoirs. En tout cas, elle avait le coffre d'un arbitre de ligue majeure lorsqu'elle était en colère.

– Je suis désolée, maman, dis-je en m'arrêtant devant eux. Comme tu ne devais venir me chercher qu'à trois heures, je suis allée chez une fille de ma classe. Elle est vraiment très sympa.

Sachant qu'il était important pour maman que j'aie de nouveaux amis au lycée, j'avais utilisé la carte de la « future copine ». Notez bien que je ne recourais à la manipulation que pour me sortir du pétrin.

– Tu aurais dû m'appeler. Lorsque j'ai vu aux nouvelles qu'on avait fermé ton école à la suite d'explosions, j'étais morte d'inquiétude, dit-elle en mettant ses bras autour de moi et en me serrant vigoureusement. Ne me fais plus jamais ça, Jess.

Je m'extirpai de son étreinte.

– D'accord, d'accord. Je suis désolée, maman. Je ne pensais pas que tu t'inquiéterais. Les explosions se sont produites dans ma classe, mais il n'y avait pas de quoi en faire un plat. Personne n'a été blessé. Ils parlent d'un avion de la base navale qui aurait volé au-dessus de l'école. Maman plissa les yeux et me regarda comme si elle cherchait quelque chose sur mon visage. Elle commença à parler, puis s'arrêta et se tourna vers le shérif qui n'avait pas bougé et qui nous regardait sans rien dire.

– Hum… merci pour les informations, shérif. Voici ma fille, Jessie. Nous allons rentrer maintenant.

– Je vous en prie, Mme Drummond, appelez-moi Luke. Je suis heureux de voir que Jessie va bien. Vous avez ma carte. Si vous avez besoin de quoi que ce soit, n'hésitez pas à m'appeler. Et si vous êtes toujours intéressée par une visite de Skyville, faites-moi signe.

Il gratifia maman de ce sourire grossier qu'avaient en commun tous les hommes en sa présence. Elle ne se rendait pas compte qu'elle avait une beauté à la Jennifer Aniston, mais elle rendait certainement dingues tous les vieux types. J'avais envie de donner un coup de poing dans la figure du shérif. Papa était décédé depuis seulement deux ans. Il n'espérait tout de même pas que maman allait sortir avec lui. Pfff.

– Ouais... comptez dessus. En attendant, je crois que nous sommes capables de trouver notre route dans cette *métropole géante* sans votre aide. Allons, viens maman.

– Jessie ! Fais des excuses à Luke... au shérif tout de suite. C'était très déplacé.

Si j'avais échappé à la punition deux minutes plus tôt, cette fois, j'étais cuite. Je me donnai mentalement une claque sur le front.

– Désolée, marmonnai-je en regardant le sol.

– Pas de problème. C'est dur de passer d'une grande ville à une petite. Je le sais, mes parents ont déménagé de L.A. lorsque j'avais douze ans.

Je jetai un coup d'œil furtif au shérif appelez-moi-Luke. Il souriait d'un sourire franc et amical, et non d'une façon condescendante comme le font certains adultes à l'égard des adolescents. Bon, disons qu'il n'était pas un sale type. Mais quand même.

– Bon... euh... merci. Maman, on peut y aller maintenant ? Je ne me sens pas très bien. Je crois que j'ai attrapé un virus.

Maman me regarda rapidement et son expression s'adoucit considérablement. « J'ai attrapé un virus » était mon expression code pour lui dire que mes règles avaient commencé lorsque nous étions en public. Maman était vraiment cool. Elle comprenait que je n'aimais pas parler de mes fonctions corporelles devant d'autres personnes, même si elle était le genre à parler de n'importe quoi, n'importe quand. C'était un peu dégoûtant, mais utile. Dans mon ancien groupe d'amies, j'étais l'experte dans les domaines des cycles menstruels, des hormones, de la sexualité et de toutes les autres choses qui mettent la plupart des mères trop mal à l'aise pour en parler avec leurs enfants. Croyez-le ou non, maman nous avait donné une leçon sur le SIDA et les MTS au cours d'une soirée pyjama, à l'occasion de mon douzième anniversaire. À cette époque-là, aucune de mes amies n'avait encore été embrassée par un garçon. (Je n'ai *toujours* pas été embrassée depuis, mais ne le dites à personne. C'est trop nul.)

Nous nous débarrassâmes finalement du shérif et prîmes place dans l'auto. Je bouclai ma ceinture et m'enfonçai dans le siège. Je tentai plusieurs fois de ne pas poser la question, mais finis par craquer.

– Alors, comment a été ta rencontre avec la psychothérapeute ? Maman me jeta un coup d'œil, l'air troublée.

– Quoi ? Oh, Grace. Elle est très gentille et... bien, je crois que je pourrai lui parler.

Et moi alors, je comptais pour du beurre ? Pourquoi ne pouvait-elle pas me parler ? Après tout, c'était papa qui était mort. Je me recroquevillai davantage dans mon siège et décidai de changer de sujet.

– J'ai vraiment mal, maman. Ce sont les pires crampes que je n'aie jamais eues. J'ai pris une Midol chez Lily, mais elle ne fait aucun effet. J'ai aussi un mal de bloc carabiné.

Maman était aux prises avec la circulation sur la rue principale (une vraie rigolade par rapport à la I-5 en direction de Seattle à l'heure de pointe), mais elle tourna la tête et me regarda avec la même expression songeuse que lorsque j'avais mentionné mes règles.

– Quoi ? Pourquoi tu me regardes comme ça ?

– Jessie, quand tes crampes ont-elles commencé exactement ? Je veux le savoir. Et je veux aussi connaître tous les détails sur ces vitres qui explosent.

– Pourquoi ?

– Réponds-moi, s'il te plaît. Nous discuterons du *pourquoi* après.

Alors, je lui racontai tout. Étrangement, elle me laissa relater les événements sans dire un mot. Nous arrivâmes au moment où je finissais mon histoire. Maman gara l'auto et reposa sa tête contre le volant en soupirant.

– Est-ce possible ? Je ne sais pas. Cela ressemble beaucoup à ta grand-mère. Mais tu as quinze ans et aucun signe... je ne sais vraiment pas.

Elle marmonnait et ne semblait pas s'adresser à moi. Mais, hé... j'étais dans la voiture. Je veux dire... ohé *je suis là !*

– Quoi, maman ? Pas de signe de quoi ? De quoi parles-tu ?

– Jessie, je préfère vraiment ne pas en parler tant que j'ai des doutes. Je ne veux pas te donner de faux espoirs. Je ne veux pas que tu *flippes,* comme tu dis.

– Que je flippe à cause de quoi ? Allez. Tu ne peux pas sortir un truc comme ça, puis me laisser en plan. Je croisai mes bras, avec la ferme intention de rester dans l'auto jusqu'à ce qu'elle me donne des réponses. Maman se redressa, me regarda et soupira de nouveau.

– Tu as raison. C'est ton corps. Je crois...

– Mon corps ? Maman, ce n'est pas encore une histoire de menstruations, n'est-ce pas ? Je veux dire, je sais vraiment tout maintenant.

– Non, Jessie, me répondit maman en levant la main pour m'arrêter. Il ne s'agit pas de cela. Il s'agit du fait que tu pourrais avoir causé ces explosions... que tu pourrais avoir des superpouvoirs.

C'était comme si j'avais reçu une bombe sur la tête. Une heure après, j'étais encore dans tous mes états. J'étais assise dans le fauteuil préféré de papa – le fauteuil hyper rembourré du salon – avec une bouillotte sur le ventre. Je repensais à ce que maman m'avait dit, tout en espérant que le comprimé d'Advil finirait par agir, pendant que maman parlait au téléphone avec grand-mère.

– Je ne sais pas, maman. Je n'étais pas là. Elle n'a jamais eu de signes auparavant, mais faire *exploser des fenêtres* ? Toi, tu as bien fait sauter toutes les portes des maisons de ta rue en embrassant papa pour la première fois.

Maman allait et venait de la cuisine à la salle à manger, le téléphone sans fil serré dans sa main.

– Trop de coïncidences, tu ne trouves pas ? La fille s'est moquée d'elle et tous les débris sont allés directement sur son bureau. Et puis toutes ces crampes terribles. Elle a eu un gros mal de tête aussi. Oui, j'ai vérifié si ses pupilles étaient dilatées; pour qui tu me prends, une Normale ? Il y avait dilatation. Et l'étoile rayonnante aussi. C'est une nouvelle réplique de toi. Maman s'arrêta net au milieu de la pièce.

Quoi ? Vraiment ? C'est bien, maman. Je ne t'ai pas vue depuis si longtemps. Comme tu n'étais pas venue quand nous avons perdu Steve... Après un long silence, maman poursuivit. Oui, je sais. Mais ce sera formidable de te revoir. Les filles seront enchantées, et nous trouverons une explication. Oui, elle restera à la maison jusqu'à ton arrivée. Quand... Oh ! Allez, on se voit dans quelques heures. Elle mit fin à la communication et se tourna vers moi. Ta grand-mère est en route.

Ouais... comme si je ne l'avais pas deviné.

– Qu'a-t-elle dit, maman ? Pense-t-elle que j'ai des superpouvoirs ? C'était quoi cette affaire de portes ?

– Calme-toi, Jess. Elle ne sait pas, mais elle dit qu'elle le saura très vite en te voyant. Les pouvoirs de ta grand-mère sont apparus relativement tard eux aussi. Elle avait presque treize ans. Et leur arrivée a coïncidé avec ses premières menstruations. Donc, il y a des antécédents familiaux de fluctuations hormonales qui déclenchent une manifestation de superpouvoirs.

– Que veux-tu dire ? Et, de toute façon, ça ne peut pas être ça. J'ai eu mes premières règles à treize ans et il ne s'est rien passé. Maman s'assit sur l'accoudoir de mon fauteuil et posa sa main sur mon épaule.

– Je sais, chérie, mais tu as subi un stress excessif aujourd'hui. Ta première journée dans une nouvelle école, cette fille détestable et ces horribles crampes par-dessus le marché. Il est donc fort possible que tout cela mis ensemble ait provoqué un déclic. As-tu vécu récemment une expérience bizarre qui, avec le recul, pourrait être une manifestation de superpouvoirs ?

Je me mis à réfléchir très fort. Comme vous pouvez l'imaginer, j'étais surexcitée à l'idée de posséder enfin des pouvoirs et de ne plus être l'unique (a)normale dans une famille de superhéros.

Mais je devais admettre qu'une petite partie de moi s'inquiétait. La vie n'allait pas être si drôle que cela si je pouvais faire exploser des fenêtres sans avertissement. Je ne crois pas que cela plaira aux garçons. Mettez-vous à la place du petit copain : « *Salut, voici ma petite amie, Jessie. Ne l'énervez pas parce que... BOUM ! Oh, désolé pour les fenêtres. Jessie fait ça quand elle est stressée.* » Ma vie sociale pourrait s'achever avant même de commencer.

– Jessie ?

– Oh, désolée, maman. J'avais la tête ailleurs. Non, il n'y a rien eu d'autre. Juste cet affreux mal de tête.

Je repensai à une autre chose qu'elle avait dite. C'était quoi « l'étoile rayonnante » ? Maman se leva, puis me regarda, clairement distraite.

– Quoi ? Oh, l'étoile rayonnante, c'est le motif caractéristique qui se forme dans les pupilles de ta grand-mère quand elle utilise ses superpouvoirs. Ce motif dure normalement quelques heures. Il était dans tes yeux lorsque je t'ai retrouvée à l'école. Je vais préparer le souper.

Quoi ? « *Il était dans tes yeux* et ensuite *je vais préparer le souper* » ? Et c'est tout ? Je poussai la bouillotte sur le côté et me précipitai dans la salle de bain pour examiner mes yeux dans le miroir. Que dalle. Toute étoile rayonnante, aussi brillante fut-elle, avait complètement filé. Pensez-vous qu'elle aurait eu l'idée de me le dire pendant que l'étoile brillait encore ? Pendant cinq bonnes minutes, je tournai la tête dans tous les sens de façon à pouvoir observer mes yeux sous tous les angles. Je finis par me résigner, écœurée.

– Maman ! Où est Chloé ?

– Elle avait des séances d'orientation à Belmont aujourd'hui. C'est Flaque qui doit la ramener après l'école. Ils ne devraient plus tarder.

Flaque était l'un des meilleurs amis de papa du temps de leurs études à Belmont. Il était doué de supervitesse. Lorsqu'il était petit, il s'habillait tout en rouge et exigeait que les autres enfants l'appellent Flash, comme le héros de bande dessinée. Bien sûr, tout le monde se moquait de lui et Flash fut déformé en Flaque de vomi lorsqu'il attrapa une grippe intestinale et passa une journée entière à dégobiller. Maintenant, le pauvre type avait au moins trente-cinq ans et tout le monde l'appelait encore Flaque.

Enfin, tout le monde sauf les enfants à Belmont où il était le doyen, M. Simpson. Bref, il avait une fille de l'âge de Chloé et les deux passaient beaucoup de temps ensemble depuis notre arrivée à Skyville. Et si vous pensez qu'il n'y a rien de plus insupportable qu'une sœur de sept ans, imaginez-en deux en même temps. Pensez aux petits fous rires bébêtes, multipliez-les à la puissance X... ou N ?... peu importe, et vous aurez un aperçu de l'ampleur du calvaire.

Justement, la porte moustiquaire s'ouvrit en grand et laissa passer deux diablesses ricaneuses dans leur meilleure interprétation de *Babar le roi des éléphants*. Flaque marchait derrière elles et portait le sac à dos de Chloé.

– Hé ! Hé ! Jess, Amy, comment ça va ?

Le prénom de maman était Amélia, mais personne en dehors de papa ne l'appelait ainsi. Et papa ne se contentait pas de l'appeler Amélia, il prenait un drôle d'air, puis se mettait à l'embrasser carrément devant nous. Vraiment dégoûtant ! (En réalité, je donnerais cher pour revoir papa embrasser maman, même tout l'après-midi si ça lui chante.)

– Bonjour, Flaque. Merci d'avoir raccompagné Chloé. Tu veux un café ? C'est du déca, évidemment.

– Oui, avec plaisir. Nous allons rejoindre Tiernan à la pizzeria dans environ une demi-heure. Vous voulez venir avec nous, les filles ?

Tiernan, sa femme, était la seule superhéroïne vraiment effrayante. Je veux dire, elle était super gentille avec nous, mais elle avait cette manie de toujours s'habiller en cuir noir et d'utiliser sans vergogne ses superpouvoirs n'importe où, n'importe quand. La plupart des autres étaient discrets, elle par contre disait toujours : « Si tu as des pouvoirs, fais-le savoir. »

Jusqu'à un certain point, l'existence des superhéros était un secret très bien gardé, encore mieux gardé que celui de l'existence des soucoupes volantes de Roswell. (La Ligue de la Liberté avait repoussé une invasion et avait même aidé le gouvernement à enterrer l'histoire; la nouvelle d'une tentative d'invasion par des extraterrestres aurait semé la panique générale chez les Normaux. De plus, la Ligue avait fait croire aux extraterrestres, avant qu'ils ne s'enfuient, que toute la planète était habitée par une race de superhéros botteurs de fesses. Je suppose qu'ils sont donc allés chercher ailleurs des proies plus dociles.)

Par conséquent, il y avait des gens au sein du gouvernement qui connaissaient notre existence (je parle au « nous », comme si j'étais sûre d'être une superhéroïne), et ils nous demandaient parfois de faire des choses pour eux. La Ligue intervenait à certaines occasions. En retour, le gouvernement nous aidait à préserver notre secret. C'était un arrangement mutuellement bénéfique, comme papa aimait à dire.

Je retournai me pelotonner dans mon fauteuil, avec ma bouillotte sur le ventre, et je tentai d'ignorer Chloé et Phoebe qui couraient partout en hurlant. *Sales mômes.* Dans la cuisine, maman et Flaque parlaient à voix basse, de sorte que je ne pouvais pas les entendre. Mes crampes semblaient réagir à la chaleur de la bouillotte et une onde de douleur me parcourut. En même temps, un son retentit si fort dans mes oreilles que ma tête fut littéralement projetée contre le dossier du fauteuil et mes yeux se mirent à pleurer.

– ... pourrait se manifester. Tu sais, Élisabeth avait quoi, seize ou dix-sept ans, lorsque les explosions ont commencé ? Et elle est devenue l'une des plus puissantes que la Ligue ait jamais vue depuis plus de cinquante ans. Si Jessie a ce pouvoir à l'âge qu'elle a, il va falloir faire attention.

Flaque chuchotait derrière la porte fermée de la cuisine, séparée du salon par la salle à manger, et j'arrivais à entendre ce qu'il disait !

– Je sais, je suis morte de peur. Des pouvoirs super puissants ajoutés aux hormones d'une adolescente, ça fait un sacré mélange explosif. Si seulement Steve était là pour m'aider...

Maman chuchotait, mais j'entendais chacun de ses mots aussi distinctement que si j'étais assise à côté d'elle. Je pouvais même déceler un léger trémolo dans sa voix, comme si elle se retenait de pleurer et cela me donnait envie de pleurer, moi aussi. À la mort de papa, maman avait comme décroché. J'avais essayé de prendre le relais et d'être la fille parfaite pour lui donner un souci de moins. Je détestais l'idée de lui causer davantage de stress, mais parfois une petite voix dans ma tête réclamait la maman qu'elle était. Puis, je perçus la voix de Chloé, claire comme du cristal. Et j'entendais aussi ses pas et les coups de brosse sur les cheveux de sa poupée. Dans la chambre de Chloé… Au deuxième étage… Bon sang ! C'était impossible ! Mais *peut-être* que...

– Allez viens, Phoebe. On va faire un tour dans la garde-robe de Jessie, murmura Chloé.

Elle *murmurait ?* Au deuxième étage ? Et je pouvais l'entendre ? C'était vrai. C'était ça. J'étais en train d'acquérir mes superpouvoirs, et la superouïe était l'un d'eux.

– Chloé ! Ne vas pas dans ma chambre ! Ha ha ! Qu'elle essaie donc de comprendre.

– Maman ! hurlai-je. J'avais hâte de lui apprendre la nouvelle. Elle aura intérêt à faire gaffe à ce qu'elle dira dorénavant... *Mais, au fait, si elle est trop sur ses gardes, je n'entendrai jamais rien de juteux. Et en quoi ceci pouvait-il m'être utile à l'école ? C'était encore trop tôt pour mettre les gens au courant de mes super oreilles.*

– Qu'y a-t-il, Jessie ? C'est ton mal de tête qui empire ?

Maman accourut dans le salon et était debout devant moi en douze secondes pile. Elle devait être vraiment inquiète. Elle prit mon menton dans sa main et regarda dans mes yeux.

– Jess, l'étoile rayonnante est de retour. Tu as senti quelque chose ? Il s'est passé quelque chose ?

Elle embrassa la pièce du regard comme pour vérifier l'état des fenêtres.

– Pas vraiment, maman. Toujours ces atroces crampes. Est-ce que je peux avoir une autre sorte de comprimé contre la douleur ? Je ne mentais pas. Pas techniquement. J'avais dit « pas vraiment » plutôt que « non ». Je ressentais toutefois la culpabilité me tordre les boyaux à chaque crampe. En règle générale, je ne mentais pas à maman.

– Non, j'hésite à te donner autre chose d'ici l'arrivée de ta grand-mère. Si c'est une manifestation de tes pouvoirs, je ne sais pas quels effets les médicaments pour Normaux auront sur toi.

Flaque nous rejoignit au salon d'un pas tranquille. Il avait une allure d'ordinaire si nonchalante qu'il me surprenait toujours les rares fois qu'il se mettait en mode supervitesse. C'était tellement contre nature. Mais il était au ralenti maintenant et affichait un large sourire.

– Salut Jessie-belle. Il semble que nous allons finalement t'enlever de Skyville ?

Je restai bouche bée. Je n'avais pas encore considéré cet aspect de ma nouvelle situation, mais cette pensée m'horrifiait. Pas question que j'aille à Belmont. De quoi aurais-je l'air dans une école de superhéros de sept et huit ans ? *C'était d'un ridicule !* Cette fois, je mis le holà.

– Pas question, maman. Je ne change plus d'école. Je l'ai déjà fait en arrivant ici. Maintenant que j'ai commencé à me faire des amis, je n'irai certainement pas à Belmont pour être la seule stupide ado avec de nouveaux pouvoirs au milieu d'un tas de sales moutards. Pas question !

Maman posa ses mains sur ses hanches.

– Jessie, quand vas-tu apprendre à utiliser ce filtre entre ton cerveau et ta bouche ? Je te jure que toutes les pensées qui traversent ton esprit n'ont pas besoin d'être verbalisées. Sais-tu ce qu'est le tact ?

Bon. Encore cette affaire de filtre à pensées.

– Et tu n'as passé que quelques heures au lycée de Skyville. Je doute que tu aies eu le temps de créer des liens durables.

– J'ai passé toute la journée avec Lily, maman, et on s'entend très bien. Et puis, il y a aussi ces deux super beaux garçons... (Stop. Pas besoin de *tout* raconter.)

Flaque nous regardait maman et moi, posant son regard sur l'une, puis sur l'autre, comme s'il hésitait à intervenir. Finalement, il me regarda comme si j'étais une débile mentale.

– Bien sûr que tu iras à Belmont, Jessie. Ton père y est allé. Ta mère y est allée. Même ta folle de grand-mère y est allée, avant de se faire mettre à la porte.

Je pris une grande inspiration et m'apprêtais à lui répondre lorsque la porte s'ouvrit avec tant de force que la poignée s'enfonça de cinq centimètres dans le plâtre du mur.

– J'ai du mal à croire qu'un adulte répondant au nom de Flaque de vomi puisse se permettre de me traiter de folle.

Nous regardâmes tous vers la porte avec stupéfaction. Ma grand-mère Élisabeth, qui étrangement ne semblait guère plus âgée que maman, se tenait dans l'embrasure et me souriait. Du haut de sa chevelure rousse et bouclée (qui, sur *elle*, était superbe) jusqu'au bout pointu de ses bottes de cuir noir, elle mesurait presque un mètre quatre-vingts. Elle était la plus belle superhéroïne que j'aie jamais vue et elle était ici pour *moi*.

Je m'éjectai du fauteuil et me jetai dans ses bras.

– Grand-mère ! J'éclatai soudainement en gros sanglots dont j'ignorais tout de l'existence. Grand-mère ne bougea pas. Elle caressait mes cheveux d'une main et mon dos de l'autre.

– Chut, chérie. Chut. Grand-mère est là pour sauver la situation.

Les supernotes de Jessie

Trois bons moments pour ne PAS faire exploser les choses :

1. Cours d'anglais (Peuh !)
2. Rendez-vous galants
3. Premier baiser – si jamais ça arrive

CHAPITRE 4

NON À L'ÉDUCATION PAR LES CRÊPES !

MI de Lives4art@skyvillenet.com

ATTENTION AUX GENS QUI DEMANDENT TON NUMÉRO DE CARTE DE CRÉDIT OU TON ADRESSE DE COURRIEL.

« *Enfin* tu es en ligne. Que se passe-t-il ? Es-tu dans de sales draps ? Je t'ai vue rentrer avec ta mère et elle semblait en rogne. » Lily

SuperJessie@skyvillenet.com dit :

« Ouais... Comme si j'avais une carte de crédit. (Grognement) C'est quoi ça ?

« Non, ça va. Elle était un peu fâchée, mais j'ai utilisé la ruse des crampes. Imagine-toi que ma grand-mère vient d'arriver. Je dois rester avec elle tous les soirs après l'école, pendant une ou deux semaines. Je ne sais pas si j'aurai du temps à consacrer au comité du Mini-Bal et/ou aux beaux mecs. »

Lives4art@skyvillenet.com dit :

« Ce message de carte de crédit provient du même programme qui bloque les pourriels cochons. Mes parents ont installé tellement de filtres et de bloqueurs dans cet ordi qu'une fois je n'ai pas reçu un courriel d'Avielle parce qu'elle avait traité le prof de théâtre de con. Et comme «con» peut aussi dire «vagin»... LOL !

« Pas de *pb* pour le comité. Il pourrait avoir lieu au déjeuner, de façon à me laisser du temps en après-midi pour faire de la peinture. Que penses-tu de «*Charmed*» ou de «*The O.C.*» comme thème ? »

SuperJessie@skyvillenet.com dit :

« T'es la meilleure ! C'est super. Ou pourquoi pas un truc genre magie/féerie ? Ou *Pirates des Caraïbes* ? Tous les gars pourraient porter ces jolis costumes de pirate. Au fait, tu as reçu un courriel d'Ariel la sirène ? Lol ! »

Lives4art@skyvillenet.com dit :

« Ouais. Sûr. Comme si on pouvait convaincre les gars du lycée de Skyville de porter des chemises à froufrous. T'es tellement urbaine ! Et S'IL TE PLAÎT, ne lui dis jamais ça. C'est AVIELLE avec un V. Elle hait cette histoire d'Ariel et peste contre les gens qui la prennent pour un poisson. Tu vas la rencontrer demain; elle est vraiment spéciale. Genre bien trop belle pour son propre bien. »

– Jessie ! Tu ferais mieux de ne pas être encore à l'ordinateur ! Le beuglement musical de maman monta jusqu'en haut de l'escalier et me fit presque tomber de ma chaise. Sans rire : hurlement plus superouïe impliquent migraine instantanée.

SuperJessie@skyvillenet.com dit :

« Faut que j'y aille ou la mère supérieure va sévir. Pendant les 2 dernières années, elle a oublié qu'elle était une mère, mais maintenant que *sa* mère est là, elle essaie de prouver qu'elle est une mère avec un M majuscule : "Regarde-moi, j'incarne l'autorité parentale tout entière !" Tu parles. »

Lives4art@skyvillenet.com dit :

« Aïe ! ? Tiens bon. TTYL ! »

Je fermai l'ordinateur et les lumières et me mis au lit. Je n'avais encore rien accroché aux murs de ma nouvelle chambre. C'était une forme de protestation arrogante et stupide, mais c'était dur de faire marche arrière maintenant. « *Tu verras, je ne mettrai pas mes affiches dans la nouvelle maison*. » Et après ? Qu'est-ce que je pouvais être crétine parfois. J'aurais pu garder contact avec mes amis de Seattle mais, à la mort de papa, j'étais en quelque sorte sortie du tourbillon. De toute façon, personne ne sait quoi dire lorsque votre père meurt. Les gens sont mal à l'aise, comme si la mort dans une famille pouvait être contagieuse ou quelque chose du genre.

Chloé déboula dans ma chambre, interrompant ma séance bien méritée d'auto-compassion.

– Tu n'apprendras donc jamais à frapper ? C'est ma chambre, petit avorton. Sors d'ici. Je cachai ma tête sous l'oreiller, en me demandant encore une fois pourquoi diable mes parents avaient-ils voulu avoir un deuxième enfant.

– Désolée. Euh... Jessie ? Venait-elle de s'excuser ? C'était bien la première fois que ma peste de petite sœur employait ces mots. Je décollai un coin de l'oreiller et la regardai d'un œil méfiant.

– Quoi ? Chloé grimpa sur le côté de mon lit. Elle portait son pyjama de Disney princesse – rose, évidemment, comme tout le reste dans sa chambre, sa garde-robe et sa vie. Elle traversait sa phase rose on ne peut plus intensément.

– Chloé, j'essaie de dormir. Qu'est-ce qu'il y a ? Elle me regarda solennellement, les yeux grands ouverts. Bien qu'elle fût la reine des petites pestes, elle était vraiment adorable dans le genre cheveux blonds, yeux bleus et joues rondes. (Mais quand même, à sept ans, il serait temps qu'elle sorte du rose.)

– Jessie, si tu as besoin d'aide pour apprendre des choses sur tes superpouvoirs, je peux t'aider. Je... euh... c'est vraiment dur au début et des fois ça fait mal et... bon, je voulais juste te dire que je t'aiderai si tu as besoin d'aide. Elle s'appuya sur moi et cacha son visage. Bon sang. Chloé avait acquis ses pouvoirs de télékinésie juste après la mort de papa. Tout le monde était si occupé à être triste et misérable que personne ne s'était soucié de l'aider à comprendre quoi faire de ses nouvelles forces. Je ne pouvais pas m'en empêcher. Il fallait que je la serre dans mes bras.

– Oh Chloé ! Ma puce. Merci. C'est vraiment extra de ta part. Je crois que grand-maman est ici pour m'aider aussi, mais je sais que c'est toi qui le feras le mieux. Je la serrai de nouveau. (Ces moments d'affection entre sœurs étaient si rares que j'en profitais au max.) Il ne fallait pas exagérer quand même. Je la reposai sur le lit et la chatouillai sans merci jusqu'à ce qu'elle éclate de rire.

– Si tu dis à quelqu'un que j'ai été gentille avec toi, je t'inflige la torture de la chatouille infernale ! Elle me regarda et me fit un grand sourire.

– Je t'aime, Jessie. Même si tu es une super tête-à-patate. Au mot « tête », elle piqua un sprint vers la porte pour retourner dans sa chambre.

– Je t'ai à l'œil, petite morveuse. Elle s'arrêta devant la porte, tira la langue, puis sourit de nouveau.

– Bonne nuit, Jessie.

– Bonne nuit, la môme.

D'accord. Peut-être que les petites sœurs ne sont pas *complètement* des pestes. Peut-être.

– Jessie, Orlando a besoin de toi, tout de suite ! Gory m'appelle désespérément. (Il demande aux simples mortels de l'appeler Gore, ou M. Verbinski, fort de tous les Oscars qu'il a remportés pour son troisième Pirates.*) De ma chaise personnalisée, je détache mes yeux du script de la prochaine scène d'amour que j'étais en train de parcourir. Oooh ! Peu de paroles, beaucoup de baisers... Mes scènes favorites avec Orlando. Ou Orli, comme il m'a demandé de l'appeler.*

– Oh non ! Je saisis le problème en une fraction de battement de cœur. Dans une scène à bord d'un bateau, les cordages sont emmêlés et le harnais d'Orlando est déchiré. Il se balance de manière précaire à sept mètres et demi au-dessus du plateau. Mon instinct aiguisé de superhéroïne détermine immédiatement le moyen de le sauver avant qu'il ne plonge vers un destin tragique.

Je jette les pages du scénario par terre et déchire ma robe de bal d'un seul geste, dévoilant mon justaucorps de cuir. Comme je m'élance dans l'air d'un bond élégant, j'entends le scripte murmurer :

– Ça alors ! Si brave et si incroyablement extra !

Mais il n'y a pas de temps à perdre. Mon Orli est en danger. Tandis que je vole vers lui, je vois ses yeux s'écarquiller de soulagement (et peut-être d'admiration pour mon justaucorps de cuir). Je le libère de son harnais et, pendant notre descente toute douce vers le sol, il me dit :

– Oh, Jessie ! Je sais que je peux toujours compter sur toi. Tu es l'héroïne de ma vie.

Comme nous touchons le sol, il m'embrasse tendrement. C'est un moment de pur bonheur, intense et absolu, qu'un mugissement des flots vient interrompre. Est-ce déjà la scène de la tempête en mer ? Est-ce une erreur de l'équipe des effets spéciaux ? Je reste dans les bras d'Orlando et nous nous regardons profondément dans les yeux, mais le mugissement devient de plus en plus intense.

– C'est une autre catastrophe, Jess ? Je suis si content que tu sois là.

– Je ne cesserai jamais de te sauver, Orlando.

– Non, Jessie, c'est à mon tour de te sauver.

Il est tellement brave ! Je me blottis davantage contre lui et il se tourne pour mettre son corps entre moi et les flots qui arrivent au galop. Le mugissement des vagues déferlantes s'accentue encore et encore et encore et...

Ma tête cogna contre celle du lit. Quoi ? Merde ! En me démenant pour me réveiller, je réalisai que tout n'était pas que rêve.

Je veux dire, le baiser l'était – ceci expliquait pourquoi les lèvres d'Orlando goûtaient vaguement le parfum d'assouplisseur de mon oreiller – mais le mugissement de l'eau qui coule était très réel. Ce bruit assourdissant de cascade, de chutes du Niagara, était à trois mètres et demi de la fenêtre de ma chambre et se déplaçait rapidement. Je courus à la fenêtre et tirai les rideaux pour être aux premières loges lorsque le déluge apocalyptique raserait Skyville. Était-ce un tsunami ? Un typhon et des crues subites ? La scène finale de *X-Men II* ? Non ! C'était un chien qui pissait.

Le chien de nos voisins était en train de pisser dans notre jardin. Je soupirai. Cette superouïe pouvait être un problème. Le manque de sommeil aussi.

D'une façon tout à fait inhabituelle et désinvolte, j'enfilai les premiers vêtements qui me tombaient sous la main. Je me traînai ensuite d'un pas chancelant jusque dans la cuisine.

– Bonjour, chérie. Café ?

Comment grand-mère faisait-elle pour être déjà toute gaie à sept heures du matin ? Venait-elle de m'offrir du café ? Maman piquerait une crise si elle était debout...

– Maman ! Jessie a quinze ans. Elle n'a pas besoin de café pour retarder sa croissance.

Maman s'affairait à préparer le petit déjeuner. Elle qui ne se donnait même plus la peine de sortir du lit avant midi depuis la mort de papa...

– Maman, s'il te plaît. Il faut que tu signes ce formulaire pour l'école. Et je ne trouve pas de pain pour faire le déjeuner de Chloé. J'ai crié de nouveau dans l'escalier, mais je savais que c'était en vain. Dans les mois qui ont suivi le décès de papa, maman a passé le plus clair de ses matinées, pour ne pas dire ses journées, couchée, la couverture tirée et une chemise de papa serrée contre elle.

Chloé est entrée dans la cuisine en sautillant, vêtue comme une enfant de la maternelle, avec sept tons différents de rose. Pas deux d'entre eux n'étaient assortis. J'ai voulu le lui dire mais j'ai simplement soupiré. Ses professeurs finiraient bien par voir que quelque chose ne tournait pas rond. Ils enverraient peut-être quelqu'un faire une enquête chez nous. Quelqu'un pourrait peut-être aider maman. S'il vous plaît !

– Jessie, pourquoi tu pleures ?

Chloé a mis sa toute petite main sur mon bras et m'a fixée de ses immenses yeux bleus.

– Je ne pleure pas, ma puce. Mes yeux sont aveuglés par tout ce rose ! Bon, je vais te préparer un repas spécial : une soupe de poulet aux nouilles dans mon super thermos.

– J'adore la soupe de poulet aux nouilles, Jess. Je peux prendre ma cuillère de Princesse ?

– Bien sûr, Cendrillon. Mets tes chaussures, d'accord ? Tu te souviens comment faire les deux oreilles de lapin pour les attacher ensemble ? Chloé a sautillé jusqu'au banc près de la porte et a pris une de ses chaussures.

– Jessie ? Tu... tu crois que maman ira mieux bientôt ?

J'ai ravalé l'immense boule qui étranglait subitement ma gorge.

– *Oui. Très vite. Elle sera sur ses pieds et nous fera des crêpes au petit déjeuner !* Je secouai la tête pour effacer tous ces souvenirs tristes. Presque deux années s'étaient écoulées depuis. Maman se remettait tranquillement. Lentement, mais sûrement. Recourir aux services d'une psychothérapeute et partir de la maison qui rappelait tant de souvenirs de papa étaient des pas vers la guérison. Je n'en étais pas si sûre. Était-ce réellement...

– Des crêpes ? Tu plaisantes ! C'est quoi ça, une imitation de la mère de l'année ? As-tu dis à grand-mère que normalement tu ne te lèves que dans, disons, cinq ou six heures ? Quelle farce ! Et je vais avoir seize ans dans un mois, au cas où tu l'aurais oublié. Je tressaillis en entendant ces mots pleins d'amertume sortir de ma bouche. Mais cette histoire de crêpes n'était qu'un cruel reflet de mes pensées. Il m'était difficile de croire que le comportement de maman allait durer – c'était une bonne mise en scène. Elle était passée de zéro petit déjeuner pendant deux ans à crêpes ce matin. Franchement, elle n'aurait pas pu commencer par des céréales ? Ou des toasts ? (La douleur fausse parfois la logique.)

Le dos de maman était tourné vers moi puisqu'elle jouait de la spatule au-dessus de la cuisinière, mais je vis ses épaules tomber. Elle ne disait rien. Tant mieux. Dans mon humeur du moment, je lui aurais sans doute arraché la tête. J'étais épuisée. J'avais dormi environ six minutes entières. J'allais devoir acheter des boules Quiès. Au moins une caisse. Je me demandais si je pouvais en avoir à rabais sur le site de la Ligue. Je ne devais pas être la première superhéroïne à éprouver ce problème. Peut-être eBay ?

– C'est assez !

Grand-mère me fusilla du regard tandis que je m'asseyais, avec un bol et une boîte de Rice Krispies.

– Ta mère a eu à surmonter de nombreux problèmes depuis que Steve est mort.

– Ouais… Et Chloé et moi alors ? Question conseils, tu arrives un peu trop tard, tu ne crois pas grand-mère ? Où étais-tu pendant les sept dernières années ? Alors, mets en sourdine ces conneries de voix de l'autorité, parce que je ne crois pas un mot de ce que toi et maman pouvez dire. Tu n'as aucun droit sur moi.

En disant cela, je sentais mon cœur tout près de ma gorge parce que j'avais un tantinet peur d'elle. Vous savez, la légende que je n'ai jamais connue et tout le reste. Dommage, quand même. Mais à ce stade-ci, je n'allais pas accepter d'être éduquée par une fausse mère OU une fausse grand-mère. Trop insuffisant; trop tard.

Grand-mère ignora ma crise et me parla sur ce ton excessivement patient qu'adoptent les adultes quand ils sont déterminés à ne pas écouter ce que vous dites.

– Jessie, nous ne faisons que discuter de ton transfert éventuel à Belmont et nous pensons que ce pourrait être une bonne idée.

– Et tu sais quoi ? Je m'en fiche royalement ! Et je n'irai pas à Belmont. Alors tu peux mettre tes crêpes et tes conseils où je pense ! Ça me rend malade ! J'écrasai violemment ma cuillère sur la table et reculai ma chaise. En fait, tous ces liens familiaux me coupent l'appétit. Je prendrai quelque chose à l'école. Je me barre d'ici.

Je saisis mon sac à dos et sortis de la maison presque en courant. D'habitude, je m'assurais toujours que Chloé avait tout ce qu'il faut pour sa journée d'école avant que Flaque ou Tiernan ne vienne la chercher. Je suppose que les deux supermamans dans la cuisine pouvaient s'en occuper aujourd'hui.

J'étais dans l'allée, à mi-chemin entre la maison et le trottoir lorsque j'entendis grand-mère chuchoter.

– Très impressionnant, Jessica. Je sais que tu peux m'entendre alors n'essaie pas de prétendre le contraire. Que tu le veuilles ou non, nous allons devoir discuter de Belmont. Et ne m'appelle jamais, plus jamais grand-mère. C'est É tout court. Je suis beaucoup trop jeune pour avoir une jeune femme adulte pour petite-fille.

Je fis volte-face pour lui répondre et m'arrêtai net. Elle n'était pas là. Je regardai vers la maison et la vis debout dans la cuisine, derrière la fenêtre collée par la peinture. Elle me sourit, fit un genre de demi-signe ou de demi-salut de la main et disparut.

Oups… Débusquée. Je suppose que ma superouïe est maintenant un secret de Polichinelle. Je marchai jusqu'au trottoir avant de murmurer : « Ouais… grand-mère. Je t'en foutrai moi, des jeunes femmes adultes. »

– J'ai entendu.

Merde…

Les supernotes de Jessie

Trois principales raisons pour lesquelles la superouïe est chiante :

1. A interrompu un rêve parfait dans lequel Orli m'embrassait.
2. Superouïe = super migraine.
3. Me fait entendre des choses négatives sur moi.

CHAPITRE 5

ALGÈBRE ET CALEÇON DE SOIE ROUGE

N'eût été la proximité de l'école (moins de trois kilomètres de la maison), ma sortie théâtrale en claquant la porte m'aurait coûté quelques ampoules aux pieds. Il n'était pas question que je prenne l'autobus comme une gamine, alors que la plupart des élèves avaient presque seize ans et arrivaient à l'école au volant de leur propre voiture. (D'accord, il s'agissait surtout de vieux pick-up de dix ans – on était à Skyville.)

Même sans avoir pris de petit déjeuner, j'arrivai au lycée tout juste à l'heure. La cloche sonna et j'entrai en classe sans avoir eu le temps de discuter avec Lily. Je me glissai derrière mon pupitre, en me demandant bien comment j'allais faire pour garder les yeux ouverts pendant quarante-huit interminables minutes d'algèbre. En temps normal, même après une bonne nuit de sommeil, j'avais excessivement de difficulté à rester éveillée pendant les cours de math. Aujourd'hui, gérer ne serait-ce que six minutes me semblait insurmontable. Après quarante-six minutes de jeu d'yeux clignotants, je pensais m'être sortie d'affaire. (Il ne faut pas crier victoire trop vite, me direz-vous.)

– Jessie, s'il vous plaît, venez résoudre cette équation au tableau.

Sur le tableau en question, il y avait une ligne de symboles de la taille d'un demi-terrain de football. Et je n'avais aucune idée de la réponse. Mes yeux passèrent du tableau à M. Platt, puis de nouveau au tableau.

– Nous attendons, Jessie. Il tapait sa craie sur le tableau. Le tapement d'une craie sur le tableau n'est jamais un bon signe.

Kelli se retourna vers moi et ricana.

– Petit problème de math, Jessie ? Étais-tu en classe de rattrapage à Seattle ?

– Ça suffit, Kelli. Comme vous savez si bien prodiguer vos remarques, vous viendrez résoudre la prochaine équation.

Braaavo. Un point pour M. Platt. Cela ne facilitait pas *mon* problème pour autant. Je traînai péniblement mes pieds jusqu'au tableau et pris un morceau de craie qui sembla peser une tonne. Dans une étrange déformation du continuum espace-temps, le tableau se mit à grandir et à grandir jusqu'à atteindre au moins dix mètres de haut et un kilomètre de long. Peut-être davantage.

J'examinai la première partie du problème. *Décompose, Jess, décompose. Tu peux le faire. Racine cubique de X multipliée par... Racine cubique de X ? Racine cubique ??? Je n'ai pas appris les racines cubiques par cœur, moi ! Je veux dire, je connais un peu les triples ou les cubes, enfin des trucs à la puissance trois, mais les racines ? Donc, pour trouver la racine, il faut que je fasse la réciproque, mais c'est vachement dur. C'est sûr que si je sais que c'est un nombre multiplié par lui-même deux fois, je peux penser à deux fois deux fois deux, qui donne huit – même Chloé le sait. Mais qui regarde le chiffre huit en se disant que sa racine cubique est deux ? Franchement, trois est un nombre impair et deux et huit sont des nombres pairs, alors ils ne devraient même pas exister dans le même univers. Et puis, la VRAIE MERDE, c'est que la racine cubique de ce machin-là ne représente que le tiers, le quart... le SIXIÈME de ce problème !*

Je suis foutue. Je n'arrive pas à le croire. Comment a-t-il pu... est-ce des RIRES ? Et oui ! Tout le monde se moque de moi parce que je suis incapable de résoudre cette équation absurde. Comme si j'avais besoin de ça... Je pourrais tenter le coup de la toux. C'est ça, je vais tousser. Et qu'est-ce qu'elle attend cette stupide cloche pour sonner ? Avons-nous glissé dans un univers parallèle où les horloges sont toutes détraquées ? Pire encore, est-ce ma montre qui déconne ? Dois-je vraiment rester ici encore un quart d'heure ? Seigneur !

Au moment où je m'apprêtai à jouer la carte « je tousse si fort que je dois avoir une bronchite », la cloche retentit.

Tandis que j'expirais une bouffée d'air à toux et remerciais les dieux de l'algèbre, Mike s'avança vers moi.

– Pas vraiment un as en math, hein Jess ? De toute façon, je ne fais pas confiance aux gens qui pigent les maths. Tu sais, ce sont toujours les maniaques de math qui cherchent à conquérir le monde. Les gens normaux comme nous doivent se serrer les coudes.

Il me fit un sourire et s'éloigna. Je plissai les yeux et suivis son dos alors qu'il se dirigeait vers la porte. « Conquérir le monde ? » « Les gens normaux comme nous ? » C'était le genre de phrases qu'un superhéros aurait pu dire, mais certainement pas un Normal. Ma mauvaise humeur générale et mon extrême fatigue me faisaient-elles voir des choses bizarres et des conspirations partout ? Quentin Tarantino, pousse-toi. Lili me sourit et commença à dire quelque chose quand Seth lui coupa la parole.

– Jessie, je ne veux pas sous-estimer tes compétences en algèbre, mais si tu as besoin d'aide, fais-moi signe.

J'étais à deux doigts de lui arracher la tête. (Quelle expression ridicule – essayez donc, même à deux mains !) J'étais à bout de nerfs et j'en avais vraiment marre de tous ces gens qui voulaient aider la « pauvre Jessie ».

– Merci, Seth. C'est sympa, mais tout est sous contrôle. Je suis simplement fatiguée, tu sais, avec le déménagement et tout le reste. Je lui souriais, en adoptant l'air assuré de la fille bonne en math qui cache bien son jeu.

Il possédait vraiment les plus beaux yeux bruns du monde. Un peu comme le chocolat noir Godiva… Nous restâmes là, sans bouger, à nous sourire bêtement pendant une autre minute, jusqu'à ce que Lily se mette à rire.

– Écoutez les deux génies des maths, arrêtez de vous admirer mutuellement. Faut y aller, sinon on va être en retard pour le cours d'anglais.

– Ah, ouais... euh… d'accord. *Génial, le retour en force de Jessie et sa glossolalie*. Dans le corridor, je me penchai pour vérifier si mon sac à dos était bien fermé et ma tête entra en collision avec celle de Seth. Seth frotta son front et sourit.

– Oooh ! Ta tête est assez dure pour contenir tout un cerveau de génie des maths.

Comme il s'éloignait dans le corridor, j'aurais pu jurer qu'il marmonnait : « Ben voyons ! Espèce de dingo géant ! *Contenir tout un cerveau de génie des maths.* On peut dire que tu sais t'y prendre avec les femmes ! » Je préférais nettement l'allusion aux *femmes* à celle du *génie des maths*. Sur le chemin de la porte, je me demandais ce que j'allais porter au Mini-Bal. Dans ma tête, l'image de mon cavalier en smoking vacillait sans arrêt entre Mike et Seth. Soudain, un menaçant éclaircissement de gorge de prof se fit entendre. (Encore un autre mauvais signe.)

– Jessie, est-ce que je peux vous parler un moment ?

J'attendis à côté du bureau de M. Platt, en me balançant nerveusement sur mes pieds jusqu'à ce que tout le monde soit parti. Une fois la classe vide, M. Platt parla.

– Jessie, si vous avez un problème en lien avec les points du programme, je serai heureux de vous aider. Votre ancienne école ne vous a peut-être pas donné la préparation nécessaire pour le cours d'Algèbre II.

M. Platt me parlait, mais son regard ne croisait pas vraiment le mien. Génial. L'histoire de mon père décédé avait dû faire le tour de la salle des profs.

– Euh… merci, mais vraiment – est-ce que ce sont des cˇ urs ? Oh non ! Cela ne se pouvait pas… Comme je m'étais sentie rougir à l'idée qu'il aborde l'inévitable sujet de la « pauvre Jessie qui a perdu son père, comme elle fait pitié », j'avais baissé la tête. De toute évidence, j'avais regardé trop ou pas assez bas.

Ma vision était devenue un peu bizarre pendant quelques secondes, puis le pantalon de M. Platt avait disparu – enfin, pas vraiment, mais il était devenu tout scintillant et transparent. Je pouvais voir ses chaussettes et ses genoux noueux, et son caleçon de soie rouge couvert de gros cœurs.

– Quels cœurs ? De quoi parlez-vous, Jessie ?

Je réalisai que je fixais la braguette de mon prof d'algèbre. Ou plutôt, l'endroit où sa braguette aurait dû être. *Oh, s'il vous plaît, faites que je sois morte*. Je remontai mes yeux au niveau de son visage. J'étais horrifiée. Qu'allait-il penser de moi maintenant ? *Je suis vraiment damnée*.

La tête de M. Platt était penchée sur le côté. Il semblait confus mais nullement outré. Évidemment, il ne se doutait pas que je voyais ses sous-vêtements. Comment un Normal pouvait-il savoir qu'une superhéroïne novice venait de découvrir l'un de ses nouveaux superpouvoirs ? La vision aux rayons X promettait d'être l'un des pouvoirs les plus embarrassants de l'histoire de toute la Galaxie. Heureusement pour moi, M. Platt n'était pas le genre à ne pas porter de sous-vêtements. Fiou ! Je venais de vivre la peur psychologique de ma vie. En plus, j'avais la nausée.

– Euh... j'ai... je pensais avoir vu des cœurs sculptés sur le haut du bureau derrière vous. Je me débrouille en algèbre. Pas de souci. Bon, je vous laisse. Je suis en retard pour le cours d'anglais.

Je sortis de la classe en courant puis piquai un sprint jusqu'à la classe d'anglais, en jurant de ne pas regarder Shakespeare plus bas que le cou durant tout le cours. Je réussis, je ne sais comment, à survivre le reste de la matinée sans voir d'autres sous-vêtements de profs. En fait, ma supervue ne vacilla que quelques fois. Bon, d'accord, Mike portait des Jockey. Mais ce n'était pas comme si j'avais lorgné ses fesses ou quelque chose du genre. Enfin, pas trop.

Le cours d'anglais eut lieu à la bibliothèque pendant que l'on remplaçait les vitres des fenêtres de notre classe. Personne n'avait réussi à expliquer les explosions et tout le monde en parlait. Je n'allais certainement pas éclairer leur lanterne. Je faisais toujours mine d'être vaguement intéressée, balbutiais des « oh, vraiment ? » et changeais de sujet aussi vite que possible.

Je crois que je pourrais ne pas haïr l'anglais dans cet environnement. Nous devions faire une dissertation sur l'influence et le rôle de la culture pop dans la littérature contemporaine.

Pour changer, littérature n'était pas synonyme de « trucs ennuyeux, illisibles, écrits par une bande d'écrivains blancs décédés ». Nous étions supposés lire des auteurs ayant publié des bouquins au cours des dernières années. Shakespeare nous remit un document avec une liste de noms. J'avais lu certains d'entre eux. Il y avait bien entendu les livres primés, mais aussi des livres inattendus comme *Harry Potter*. Avez-vous déjà rencontré un professeur qui pense que Harry et sa bande sont des personnages de littérature ? Mais s'agissant de pop culture, J.K. Rowling détient le brevet, comme dirait papa. Comme *aurait dit* papa... Même deux ans après, je mélangeais encore les temps de conjugaison.

– Hé, attends-moi ! Qu'est-ce que tu as aujourd'hui ? Tu es privée de sortie ? Tu as l'air totalement crevée.

Lily me rattrapa sur le chemin de la cafétéria et me dépassa sans peine. Ça doit être chouette d'avoir de longues jambes.

– Oh, excuse-moi. Chez nous, on a tous des grandes pattes, dit-elle en ralentissant considérablement son allure.

– N'exagère pas trop quand même. Je ne suis pas si naine. En fait, pour certains, un mètre soixante-deux c'est assez grand. Je redressai le menton dans une tentative de paraître plus grande, mais je lui arrivais toujours à peine à l'épaule.

– Tu as raison. C'est *moi* qui suis anormalement grande. Combien d'étudiants mesurent un mètre quatre-vingts ? Tout le monde me le fait sentir, surtout ma famille. Tu joues au basket-ball cette année ? Comment va ton équipe de volley-ball ? Fais gaffe, les garçons te rattraperont un jour ! Ou encore, et c'est la réflexion que je préfère dans le genre *à faire vomir* : « Tous les top models sont grands comme toi, Lily. Tu n'as jamais pensé à être mannequin ? »

Elle simula des sons de haut-le-cœur, mais personne ne sembla surpris, car nous faisions maintenant la queue à la cafétéria. Je parie que ces murs avaient entendu plus d'une blague semblable. Le menu affiché se lisait comme suit :

SALADE DE THON SUR PETIT PAIN
OU
SANDWICH AU FROMAGE FONDU
FRITES AU FOUR
LÉGUMES FRAIS AVEC TREMPETTE
CHOIX DE FRUITS OU DE JUS

Si vous trouvez ce menu alléchant, c'est que vous ne connaissez pas le langage des cafétérias. Si nous avions un droit quelconque, par exemple le droit à la publicité véridique, le menu se lirait plutôt ainsi :

SIMILI POISSON SUR PETIT PAIN RASSIS
OU
SANDWICH AU FROMAGE PLASTIQUE
FRITES MOLLES ET GRAISSEUSES
VIEUX LÉGUMES AVEC FAUSSE TREMPETTE
CHOIX DE JUS OU DE FRUITS PAS MÛRS

Je ne dénigrais pas Skyville; c'était comme ça dans toutes les cafétérias du pays. Toutefois, j'avais déjà entendu parler d'écoles qui, apparemment, offraient un bar à salade et des pommes de terre au four, avec garnitures, ainsi qu'un service de fast-food sur place. Sans doute un autre sale mensonge visant à nous torturer davantage tandis que nous étions condamnés à avaler une nourriture indigne du nom.

– C'est la salade de thon ou l'idée du top model qui te donne envie de vomir ? Ne me cogne pas dessus, mais tu as effectivement le physique de l'emploi. Tu sais, genre grande nana blonde et mince. Tu n'as plus qu'à travailler ton côté minette.

Je fis un signe de la tête à la femme rondelette qui tendait un sandwich au fromage fondu et lui présentai mon plateau. (Cette femme n'avait certainement pas pris ses rondeurs en mangeant ici.) Lily fit la grimace.

– Je n'ai pas une miette de minette en moi. Tu me vois m'exhiber en bikini toute l'année pour permettre à des gars sarcastiques de me photographier et à des désaxés de télécharger lesdites photos et prétendre que je suis leur petite amie ? Non merci ! J'ai une cervelle, tu sais.

– Hé, ne dénigre pas les top models. Tyra Banks est une femme d'affaires brillante. Elle doit gagner des millions avec ses trucs à la télé, au cinéma et dans la mode, ses livres et tout le tralala. Si tu sais ce que tu fais, tu peux passer d'immensément grande à immensément riche. Je réfléchis sur le choix de fruits ou de jus. Il ne restait que du jus de pamplemousse, ce qui, à mon avis, équivalait à de l'acide à batterie. Je ne pris ni l'un ni l'autre.

– Cela fera deux dollars quatre-vingt-quinze.

– Mince ! Je suis partie si vite ce matin que j'ai oublié de prendre de l'argent. Lily, tu n'aurais pas...

– Pas de problème, je vais payer avec ma carte de cafétéria et tu me rembourseras plus tard – quoique je n'en aurai pas vraiment besoin, tu sais, avec mon futur empire de top model et tout le bazar. Elle roula des yeux et tendit sa carte toute fripée à la caissière.

Toujours en riant, nous nous assîmes à une table soigneusement choisie dans un coin, à trois rangées de la table de Kelli et de sa bande de meneuses de claque qui étaient toutes en uniforme pour une raison inexplicable puisque aucun match n'était prévu ce soir.

– Mange vite ton délicieux festin de gourmet, parce qu'il y a une rencontre du comité MB à midi et demi dans le gym. Nous devons nous décider sur un thème et répartir le travail.

En voyant le repas de Lily, je me félicitai d'avoir résisté à la surprise au poisson. Le milieu de son pain était si ramolli qu'il se détacha du reste du sandwich en faisant floc. Lily haussa un sourcil.

– Alors, ils ont menti. C'est du thon sans pain.

Nous pouffâmes de rire puis décidâmes de jeter le tout et d'acheter des chips dans la machine distributrice située à l'extérieur du gymnase – et oui, les profits des compagnies de croustilles l'emportent sur la santé des enfants de la nation, comme disait maman à l'époque où elle se préoccupait de choses comme celles-là. « Merci mon Dieu, pour Frito-Lay », avais-je l'habitude de répondre, et elle haïssait cela.

À la sortie de la cafétéria, tandis que nous cherchions de la monnaie dans nos sacs à dos, Kelli nous repéra et se leva. Elle prit soin d'appuyer sa jambe stratégiquement sur le banc, de façon à bien montrer la culotte du justaucorps de meneuse de claque qu'elle portait sous une jupe excessivement courte. Évidemment, la plupart des gars avaient l'air d'apprécier le spectacle. Pfff !

– Lily ! Jenny ! Vous allez jouer les abeilles ouvrières pour le bal de l'automne ? N'oubliez pas de faire un décor qui ne jure pas avec des cheveux auburn !

Elle riait et secouait les cheveux en question, et tout son petit groupe d'admirateurs se mit à ricaner bêtement. Bande d'idiotes ! Je décidai d'agir dignement en l'ignorant, mais Lily s'arrêta net.

– C'est Jessie, tu devrais le savoir maintenant, O Suprême Idiote. Et si jamais quelque chose jure avec l'auburn, tu pourras toujours reteindre tes cheveux d'une autre couleur !

Lily fit battre ses cils d'un air innocent et poursuivit son chemin. Je mourais d'envie de rire mais me retins du mieux que je pus. Je chuchotai à l'oreille de Lily :

– Oooh ! Lily en a sorti une bonne. Mais elle va le payer. Comment ose-t-elle répondre ainsi à Sa Sorcière bien teintée ?

Lorsque nous sortîmes finalement de la cafétéria, je me mis à rire si fort que je crus que mon sandwich au fromage allait ressortir par mes narines.

– Tu sais, Lily, tu ressembles de plus en plus à un top model. Tu as cet instinct de tueuse en toi. Elle sourit.

– Je n'ai pas peur d'elle. Elle était déjà une petite brute à la garderie. Lorsqu'elle est trop chiante, je lui rappelle qu'elle était la dernière à porter des couches. En tout cas, parlant de top model, attends de voir Avielle.

CHAPITRE 6

SUPERVUE ET PIRATES

En poussant la porte du gymnase, je réalisai immédiatement que Lily n'exagérait pas au sujet d'Avielle. La fille au milieu de la salle était d'une telle beauté exotique que je portai automatiquement ma main dans mes cheveux, dans une tentative désespérée de lisser ma tignasse rousse en bataille. Rien à faire. J'avais essayé tous les défriseurs, modeleurs lisseurs connus des salons de coiffure. Mes boucles revenaient à la charge quelques heures après un brushing effectué par le plus talentueux des professionnels. De toute évidence, j'avais un grave handicap folliculeux.

Avielle, par contre, n'avait probablement jamais connu de problèmes de cheveux récalcitrants de sa vie. Elle était une sorte de version étudiante de Halle Berry. Je soupirai de nouveau, me redressai pour mieux paraître, puis jetai un coup d'œil à mon corsage. Malheureusement, mes seins n'avaient pas poussé durant la nuit. J'avais secrètement espéré que la manifestation de mes superpouvoirs aurait favorisé d'autres phénomènes liés aux hormones. Pas de bol.

Avielle dansait sur le dernier CD d'Outkast, qui beuglait d'un petit appareil orange vif posé sur la table près d'elle. Le plancher de la salle de gym était recouvert de papiers, de morceaux de tissu et de matériel d'artiste. Lorsqu'elle ouvrit ses yeux et nous aperçut, Halle – euh… Avielle – jeta ses deux bras en l'air et sur le côté d'un geste théâtral.

– Mes chéries ! Enfin ! Nous avons tellement à faire pour transformer ce pitoyable lieu voué au culte des sportifs dégoulinants de sueur en une salle de bal de la beauté, en une salle de danse du désir, en un belvédère de grandeur.

Lily roula des yeux.

– Un belvédère de grandeur ? C'est n'importe quoi ça.

Avielle baissa les bras et rit.

– D'accord, c'était un peu poussé. Je me suis laissé emporter par l'élan du moment. Hé, tu dois être Jessica. Lily m'a parlé de toi. Moi, c'est Avielle – si tu penses « comme la sirène », je te *tue* – et merci d'avoir accepté de nous aider.

Je levai mes mains en signe de reddition.

– Aucune sirène à proximité de ma pensée. De toute façon, après la matinée que j'ai eue, il n'y a pas grand-chose à moins de cent kilomètres de mes cellules cérébrales surmenées. Et je suis Jessie. Je regardai autour de nous. Le gymnase était désert. Il n'y a que nous ? Je veux dire… chez nous, il y avait des tonnes de gens qui voulaient participer à la préparation des bals.

Lily s'assit par terre et commença à brasser ce qui ressemblait à des pages provenant de divers magazines. Elle leva les yeux vers moi et les roula de nouveau.

– Oh, nous aurons des tonnes d'aide, Jessie. Mais j'ai été élue chef du comité à l'unanimité et, conformément aux principes de la démocratie, j'ai décidé d'être une dictatrice et de prendre toutes les décisions moi-même. Lorsque viendra le temps du travail laborieux, nous ferons appel aux paysans.

Je souris.

– Oui, Votre Altesse. C'est un plaisir de voir les représentants du gouvernement à l'œuvre. Pensez-vous que je pourrais sauter le cours d'histoire, puisque j'apprends tellement ici ?

– Ha ! Mais elle se moque de moi. Qu'on lui coupe la tête ! Maintenant, tu poses tes fesses de nulle en math ici et tu m'aides à trouver un thème. Avielle, si tu pouvais arrêter ton entraînement de future star de Broadway, tu pourrais te joindre à nous.

Les propos de Lily ne manquaient pas de sarcasme, mais son ton était affectueux. J'étudiai Avielle et Lily. En dépit de leur beauté époustouflante, elles n'entraient certainement pas dans la catégorie des « populaires », comme je m'y serais attendue. En fait, je commençais à trouver qu'elles basculaient plutôt dans le camp des exclus. Avielle était probablement trop théâtrale pour Skyville, et certainement pour le lycée – l'année dernière, j'avais appris à mes dépens que le conformisme est roi. Lily était simplement trop intelligente et ne cherchait même pas à s'en cacher. Ce matin, en classe d'anglais, elle s'était lancée dans une diatribe sur la culture populiste qui dépasse la pensée philosophique. Je l'admirais parce qu'elle était brillante, mais je me disais que tous les cerveaux comme elle rendaient la vie des autres plus difficile.

Bien sûr, à part ma chevelure ultra rousse et bouclée, j'avais toujours été une petite fille moyenne. Cette année encore, personne n'allait m'élire reine du bal. *Mais une petite voix dans ma tête me soufflait que, dans quelques jours, plus rien ne serait moyen chez moi.*

Je réalisai que j'étais debout à fixer le vide comme une demeurée, alors je m'assis en tailleur – ou en indien, comme disait Chloé – à côté d'elles.

– O.K., qu'est-ce qu'on veut, Lily ? Ordinaire, surréaliste, célébrité, nullité ? Qu'as-tu en tête ? Je commençai à feuilleter les pages et m'arrêtai net sur une photo pleine page d'Orlando dans un récent *Entertainment Weekly*. Son sourire ramena mon rêve au galop, et je soupirai.

– Quoi ? Avielle et Lily se penchèrent toutes deux pour voir et soupirèrent à leur tour.

– Oui, il est incroyable. Pour lui, j'essaierai même de porter un corset, dit Avielle.

– Je vous le dis, allons-y avec les *Pirates*. Nous pouvons convaincre les gars que toutes les nanas tombent en extase devant des mecs habillés en pirates. Surtout si je fais courir la rumeur que c'était méga branché à Seattle. Les filles obligeront leur copain à se conformer, ajoutai-je. L'art de faire circuler une rumeur ne m'était pas inconnu.

Lily se rassit et sembla songeuse.

– J'y ai repensé hier soir et je n'y vois aucun inconvénient. Toutes les meneuses de claque pourront exhiber leurs nichons dans leur robe de bal, ce qui chatouillera leur petit cœur vaniteux et superficiel, et le thème pourrait être *Navires et trésors cachés*.

Tout à coup, elle pencha un peu la tête et marmonna :

– Et, euh… John a promis d'avoir une épée.

Avielle se mit à rire.

– Ha, ha ! Lily le cerveau craque pour le classique mâle alpha brandissant une épée. Au fait, comment va John ?

– Il déteste Jacksonville. Il essaie toujours de convaincre ses parents de le laisser revenir chez sa tante et son oncle jusqu'à la fin de l'année scolaire. Son père est d'accord. Puisqu'ils ne sont qu'à deux heures de route, ils pourraient se voir toutes les semaines, comme s'il était en pension. Mais sa mère refuse. Elle dit que les enfants doivent vivre avec leurs parents pendant l'adolescence et blablabla. C'est chiant parce qu'on a vraiment besoin de lui dans l'équipe de football cette année.

Avielle se mit à parler de la fascination maladive des Américains pour les sports de contact, mais j'arrêtai de lui prêter attention, car la chose la plus bizarroïde était en train d'arriver aux murs du gym. Ils étaient en train de disparaître.

Cela s'était déjà produit à quelques reprises, me direz-vous, en commençant par l'incident « à éviter à jamais » du caleçon de M. Platt et celui du « O.K., j'ai lorgné les Jockey de Mike ». Je ne devrais donc pas être si surprise. Laissez-moi vous dire qu'il y a une différence énorme entre faire disparaître un Dockers fatigué ou un Levi's à boutons absolument parfait et un mur entier.

C'était incroyable. En plissant mes yeux un peu et en me concentrant sur un point quelconque à environ trois mètres de moi, je pouvais quasiment contrôler le vacillement. Nous étions dans le gym, la porte fermée, et je pouvais voir les gens marcher dans le corridor. Vraiment géniiial !

– Jessie !

Je refermai ma mâchoire d'un coup sec. J'étais sans doute en extase devant moi-même. *Et voici Jess, la grande ratée de l'année !*

– Euh… excuse-moi, je dormais debout. Zéro sommeil la nuit dernière. Le silence d'une petite ville me fait peur. Je ne dors bien que s'il y a une bonne sirène... euh… une alarme, des coups de feu et une émeute ou deux dans la rue.

D'accord, je savais que je délirais, mais qu'aurais-je pu dire d'autre ? « *Désolée, je travaillais ma nouvelle vision aux rayons X.* » Et on m'aurait obligée à porter l'une de ces combinaisons en caoutchouc avec les bras attachés dans le dos. Avielle inclina sa tête et me dévisagea.

– Tu dois être complètement morte de fatigue, copine, parce que pendant une minute, tu as fixé le mur du gym avec des yeux qui louchent. Je pense que tu as vraiment besoin d'un bon roupillon. Tu as de la chance, on a un cours de bio après le lunch – en fait, dans environ trois minutes – et au premier cours, Somnifère ne parle que des consignes de sécurité en dissection, genre ne te coupe pas avec le scalpel, ne lèche pas les grenouilles.

– Je suis fatiguée et je... ne lèche pas les grenouilles ? Tu plaisantes ? Je sentis mon visage faire le truc des yeux qui se plissent et du nez qui se retrousse, comme lorsque maman me dit : « C'est l'heure de manger, et le brocoli est rempli de substances nutritives. »

Lily frissonna.

– L'année dernière, un crétin a lu que les sécrétions de l'épiderme de certains amphibiens ont des propriétés hallucinogènes et a décidé de vérifier par lui-même.

– Euh... traduction s'il te plaît, Lily ?

– Un gars – je crois que c'était l'un des frères Cooper – a pensé qu'il pourrait planer en léchant une grenouille. C'est ce qu'il a fait, mais, manque de pot, la grenouille avait eu un bain de formol et le crétin a fait une réaction anaphylactique – traduction : une méga méchante allergie – au formaldéhyde. Il s'est mis à hyperventiler, puis a cessé de respirer. Somnifère a dû effectuer une RCR en attendant l'arrivée des ambulanciers. Pouah ! Cette seule idée m'enlève toute envie d'être ressuscitée !

À l'expression affichée sur le visage de Lily, quoi qu'il fut ou qui qu'il fut, ce Somnifère semblait assez effrayant merci.

– Sans vouloir jouer à l'abominable machine à poser des questions, c'est qui ou c'est quoi ce Somnifère-là ?

Avielle commença à rassembler les documents et siffla.

– Somnifère, c'est notre prof de bio; elle est si vieille qu'elle a probablement enseigné à George Washington lui-même l'art de disséquer une grenouille. Elle a un horrible grain de beauté sur sa figure, comme les sorcières de dessins animés. Imagine qu'en te réveillant, tu te retrouves bouche-à-bouche avec ça ! Coop ne s'en remettra jamais. D'ailleurs, je crois qu'il a déménagé dans l'Idaho.

Nous gardâmes le silence, le temps de visualiser l'avalanche de tourments et l'humiliation infligés à Coop par ses copains, pour avoir léché une grenouille et fait du bouche-à-bouche avec le prof de bio.

– Bon, une chance qu'on avait déjà plus ou moins choisi un thème, parce que franchement, on ne valait pas grand-chose comme état-major, dit Lily.

– Parle pour toi, blondinette. Moi j'ai déjà établi presque toute la liste des morceaux incontournables à faire jouer par le disc-jockey, rétorqua Avielle en agitant un calepin.

Nous nous regardâmes toutes les trois, puis je lançai mon poing en l'air.

– Vive la loi des pirates ! Lily se mit à rire.

– Hommes de Skyville, prenez garde ! Les chemises à jabot vous guettent.

Je parvins à rester éveillée jusqu'à la fin de cette journée mortellement ennuyeuse. Celui qui a pu penser que savoir disséquer une grenouille est une compétence utile à l'étudiant moyen de classe de seconde mériterait d'être tailladé avec ses propres scalpels et de jouer dans un film d'horreur sanglant, genre *Freddy et Jason ou la torture d'un professeur de biologie*. Mme Garcia, alias Somnifère, a réagi assez violemment lorsque je lui ai dit qu'à Seattle, on disséquait les grenouilles en classe de troisième. Comme si je l'avais insultée sur sa façon d'enseigner. Ensuite, elle m'a demandé de prendre le dernier spécimen comme punition.

Cette année, ils disséquaient les chats à mon ancien lycée, et il aurait été hors de question que je le fasse. Mais une grenouille n'avait rien d'effrayant, à part le côté mou visqueux dégoûtant. Je faillis laisser tomber mon « spécimen » à la hauteur de Kelli et passai le reste du cours à imaginer ses cheveux recouverts de bave de grenouille, surtout parce qu'elle avait hérité de Mike comme partenaire de labo et moi, du rebut de Radio-Shack. (Somnifère avait décidé des équipes, la vache !)

Durant le dernier cours, qui était une heure d'étude, je m'endormis carrément sur ma chaise pendant une fraction de seconde, je crois, avant de faire le saut typique de quelqu'un qui se retient pour ne pas tomber tête première sur son pupitre. Je lançai un coup d'œil autour de moi, en espérant que personne ne m'avait vue. Évidemment, mon regard pénétra droit dans les yeux vigilants de Seth.

Parfait. Absolument parfait. Encore un autre exemple de Jessie en pleine béatitude. Je gémis et enfouis ma tête dans mes bras. J'étais là depuis deux jours et j'étais déjà l'égale d'un chimpanzé parlant. Je considérais la possibilité d'entrer au couvent, en me demandant si le fait d'être catholique était facultatif, lorsque j'entendis un « psitt ». Je levai un œil derrière un rideau de cheveux hideux.

C'était Lily. Elle regardait droit devant elle, en direction du surveillant de la salle d'étude, un vieux type ennuyeux qui ne comprenait rien à la mode. (Le port de deux motifs écossais discordants devrait être considéré comme un acte punissable, peut-être pas un crime, mais au moins une infraction.) Puis, elle avança sa main légèrement vers moi sur la table. En entendant un crissement de papier, j'arrachai ma tête de mes bras si vite que je me fis une entorse au cou.

– Aïe !

Le cou de l'Écossais se tourna brusquement vers moi.

– Silence là-bas.

Je roulai des yeux. raté !

– Excusez-moi. Entorse au cou. Je fis semblant de frotter mon cou d'une main et déplaçai l'autre vers Lily. Détournement d'attention. Ça marche à tout coup. Pendant que l'Écossais m'observait, Lily glissa discrètement la note sous mes doigts. Je ramenai la note recouverte par ma main vers le bord de la table et réalisai ma superbe manœuvre de la « note qui atterrit sur le genou », que j'avais parfaitement mise au point depuis la fin du primaire. Puis, je pris un air innocent de « qui, moi ? Je ne fais que mes devoirs », jusqu'à ce que l'Écossais retourne à sa lecture du dernier numéro de *Geeks Monthly*. (Je suis aussi une experte dans la remise d'une note non pliée d'une seule main.)

« Jessie – veux-tu venir prendre un Coke après l'école ? Je pourrai te montrer toutes les attractions touristiques de Skyville. (Ha, ha !) » Seth

Je levai la tête. Seth me fixait avec une sorte de demi-sourire. La pensée me frappa en plein entre les deux yeux que les gars avaient le mauvais rôle puisque c'est généralement eux qui s'exposent au rejet. Je lui souris en retour, ignorant les choses bizarres d'hier, et ma tête explosa. Encore ! Aaaghhh !

La douleur ! Merde ! La douleur dans ma tête… Elle va la fendre en deux ! S'il vous plaît ! S'il vous plaît ! Faites que ça cesse. Arrêtez les cris ! Arrêtez les cris !

– Arrêtez les cris !

– Jessie, Jessie, qu'est-ce qui t'arrive ? Est-ce que ça va ?

Je pouvais à peine entendre Lily au milieu de tout ce brouhaha dans ma tête. Je me levai si vite que je renversai ma chaise. Lily fit un bond elle aussi et s'accrocha à mon bras. Je pouvais voir sa bouche remuer, mais n'entendais pas ce qu'elle disait. Je serrai mes mains contre mes oreilles, mais le bruit ne cessa pas; il venait de l'intérieur de ma tête.

– *Mes oreilles ! Mes oreilles ! S'il vous plaît ! S'il vous plaît ! Mes oreilles saignent !* Aidez-moi !

Tout le monde dans la salle me dévisagea. L'Écossais sauta sur ses pieds et se dirigea vers moi, mais je m'en foutais, je ne pouvais faire cesser le bruit. Tout à coup, Seth surgit devant moi et je le suppliai de faire cesser le bruit – « Fais-le cesser, s'il te plaît, Seth ! Fais-le cesser ! » – puis je le vis, qui me tendait les bras, comme pour m'aider. Ensuite, tout redevint très calme et très sombre.

Je ne me souviens de rien d'autre sinon, qu'à mon réveil, dans le bureau de l'infirmière, grand-mère et maman étaient penchées sur moi et m'observaient. Grand-mère regardait maman et disait :

– C'est bien pire que ce que nous pensions.

La pièce s'était mise à rétrécir en un tunnel tournoyant autour de leur visage paniqué, puis la belle, douce et *silencieuse* noirceur avala tous les bruits.

CHAPITRE 7

SUPER LEÇONS

Je m'étais de nouveau réfugiée dans le fauteuil de papa, enroulée dans une courtepointe, et je prétendais ne pas *les* entendre parler de moi – se battre à mon sujet, vraiment, comme si j'étais une espèce d'os de steak juteux et elles, des chiennes enragées. Des chiennes enragées avec des superpouvoirs. Plutôt effrayant, non ?

Bon, mis à part mon éloquente analogie (ou serait-ce une comparaison ? L'une utilise « comme » et l'autre pas... Oups... je ne sais plus), voici l'exclusivité : grand-mère, désolée... É, voudrait m'amener avec elle sur son île paradisiaque, pour que j'y vive mon adolescence, entraînée par elle et probablement chassée par des cannibales ou autres prédateurs.

Ai-je déjà mentionné que É vivait sur une île minuscule au centre du triangle des Bermudes ? Elle s'y était installée quelque huit ans auparavant, au début de sa ménopause, tandis que ses hormones commençaient à lui faire défaut et à rendre ses pouvoirs instables. Papa affirmait qu'un tas de disparitions d'avions au milieu des années 1990 étaient imputables aux bouffées de chaleur de É. Bien sûr, avoir une super belle-mère était encore pire que d'avoir l'équivalent Normale. Maman lui disait toujours qu'après avoir été rescapés en mer par É, les pilotes vivaient parfaitement heureux dans des petites huttes sur la plage.

Peu importe. Comme si ces histoires de vieux pilotes avaient un rapport quelconque avec la question vraiment cruciale qui se posait : devais-je rester ou partir ?

Maintenant, maman hurlait « ma fille ne déménagera pas sur ta stupide île », et ma tête recommença à faire mal. À mon second réveil dans le bureau de l'infirmière, É m'avait fait boire un drôle de thé sucré et le bruit dans ma tête s'était arrêté immédiatement, comme lorsque j'appuie sur le bouton arrêt de mon lecteur MP3. Après avoir enduré l'équivalent d'une session de répétition des Matchbox 20 dans mon crâne, j'étais tellement faible que je n'avais pensé ni à l'horreur de mon spectacle public ni à la honte jusqu'à mon retour à la maison. Maintenant, j'étais noyée dans les profondeurs du désespoir. Tout le lycée devait être au courant. *La nouvelle pique une crise de démence dans la salle d'étude. Film à onze heures.* Les cannibales ne semblaient plus aussi farouches, après tout. Je criai en direction de la cuisine :

– Hé, je suis ici ! Vous pouvez me parler au lieu de parler de moi. Et puis si ce truc de superhéros se résume aux explosions – faire exploser les fenêtres, faire exploser les têtes – je n'en veux pas. Une fois, ça va. Deux, c'est nul.

Il y eut un silence dans la cuisine. Ah, l'os avait parlé et les chiennes étaient confondues. Bon, assez de lamentables métaphores canines. J'avais besoin d'un autre comprimé d'Advil. Seule chose positive de la semaine : les crampes, c'était une fausse alarme; pas de menstruations et même plus de crampes.

Compte tenu de ma chance habituelle, j'étais sans doute atteinte d'une terrible maladie débutant par des crampes fantômes, continuant en mal de bloc à se fracasser le crâne et aboutissant à une mort violente et prématurée. Au fond, c'était un moyen comme un autre d'éviter les autres élèves du lycée. Je passai au mode concentration focalisée. Explosions. Hum…

Pourquoi ne pouvais-je pas faire ces trucs-là sur commande ? La plupart des gens de mon âge étaient capables de contrôler leurs pouvoirs. Ce n'était pas parce que Flaque ne m'avait pas couvée pendant sept à dix ans, comme eux, que je ne pourrais pas les égaler. (J'apprends vite.)

Je m'enroulai davantage dans ma courtepointe et passai en revue les objets que je pourrais regretter de faire exploser en mille morceaux. Lampes, photos sous cadre de verre, pots de fleurs. Aucun ne méritait d'être épargné. Cependant, la perspective d'avoir à ramasser un million d'éclats de verre avait zéro attrait après la journée que je venais de vivre. Pourquoi fallait-il que nous vivions dans une maison aussi ordinaire ?

Mon regard se posa sur un arrangement de fleurs séchées qu'un de nos nouveaux voisins nous avait offert en cadeau de bienvenue. Les fleurs étaient laides et il n'y avait pas de dégât de verre à redouter. Juste un coup d'aspirateur à passer.

Bon, allons-y. Concentration. D'abord, j'essayai de ne plus entendre les sons et cris stridents émanant de la cuisine. Ensuite, je plissai les yeux et fixai les horribles fleurs si intensément que mes pupilles se croisèrent presque. Rien. *Il y eut un vacillement – oh, flûte ! Je ne peux rien faire correctement. Je tente un numéro d'explosion et c'est ma vision aux rayons X qui se manifeste.* J'avais fait disparaître les fleurs et, à travers elles, je vis, sur l'étagère, la photo de nous quatre en voyage de ski au Canada. Je sentis une douleur déchirer mon ventre, et ce n'était pas des crampes. *Tu me manques, papa. J'ai tellement besoin de toi.*

La voix de grand-mère brisa ma concentration et les fleurs reprirent forme, cachant l'image de papa qui souriait avec nous dans toute la splendeur de nos Gore-Tex.

– Elle part avec moi, un point c'est tout ! Amélia, je suis fatiguée de discuter de...

– Son nom est Amy. Ne l'appelle pas comme ça. Il n'y a que papa qui a le droit de l'appeler Amélia ! Je ne reconnaissais pas la voix qui sortait de ma gorge, mais elle s'extirpait de ma bouche avec une telle force qu'elle fit trembler les murs – littéralement. Je ne m'étais pas contentée de faire exploser les fleurs séchées. Je les avais *vaporisées.* Plus besoin de passer l'aspirateur.

Maman et É arrivèrent en courant dans le salon et me trouvèrent assise, la bouche grande ouverte.

– Que s'est-il passé ? Jess, est-ce que ça va ?

Maman paniquait. Elle souleva mon menton avec sa main et examina mes yeux. É m'observait par-dessus l'épaule de maman.

– Étoile rayonnante… Jess, qu'as-tu fait ? Est-ce que tu vas bien ?

Grand-mère roula des yeux.

– Bien sûr qu'elle va bien. Elle a enfin pris possession de ses pouvoirs et elle est la plus puissante de nous tous. Je te parie qu'un jour elle deviendra présidente de la Ligue de la Liberté.

Elle se mit à rire et fit quelques pas de danse.

– Oh, Jessie, ta vie va être tellement amusante ! Tu n'as pas encore seize ans, fillette. Youpi !

Grand-mère avait bien dit « youpi ». Je lui fis un sourire; elle était si extraordinairement excitée par mes pouvoirs. J'étais contente de voir qu'ils rendaient quelqu'un content. (Jusqu'à présent, ils ne m'apportaient pas grand-chose.) Maman ne souriait pas, elle.

– Non, elle ne sera pas présidente. Elle va rester aussi loin de la Ligue que possible.

J'allais me plaindre qu'on parlait encore de moi quand une horrible pensée s'insinua dans mon esprit, et mon sourire s'éteignit mortellement.

– Maman ? Grand-mère… euh… É ? Si je ne peux pas contrôler ce truc, est-ce que je... euh… je veux dire, est-ce que ça peut être dangereux ? Qu'arriverait-il si je m'emportais contre Chloé parce qu'elle touche à mes affaires et que je la vaporise ? Oh non ! Je suis une menace, un danger pour la société. Il va falloir m'enfermer. Je collai mon visage contre mes genoux relevés et gémis.

– C'est ridicule, Jessie. Nous t'entraînerons à exercer tes pouvoirs correctement et tu ne seras jamais un danger pour quiconque ne le mérite pas. Je me souviens avoir été absolument furieuse contre ton grand-père à quelques reprises, et je n'ai jamais fait exploser ne serait-ce qu'une tache de rousseur de son nez.

É se tenait debout, les mains sur les hanches, et me souriait.

– Tu vas bien t'en sortir, ma chérie.

Je lui jetai un coup d'œil et réussis à émettre un son bizarre – un curieux mélange de couinement et de bêlement. Le mur derrière É était en train de disparaître et, cette fois, ce n'était pas ma faute !

Un homme gigantesque se matérialisa au milieu du salon. *Dites-moi que j'hallucine !* Le géant parla.

– Elle pourrait être la plus grande superhéroïne, ou la plus grande menace. Je ne pense pas que nous ayons la liberté de laisser la chance décider.

Laissez-moi vous décrire ce type. Il avait d'étranges cheveux blond roux qui lui arrivaient aux épaules et qui brillaient comme s'ils étaient illuminés (ou peut-être n'était-ce que l'effet de vacillement), et il était *vraiment* musclé. De plus, il possédait de superbes pommettes. S'il n'était pas si vieux – il devait avoir l'âge de maman – et s'il n'était pas arrivé par télétransporteur, j'aurais pu penser qu'il était extra.

Maman lui lança un regard furieux et s'avança vers lui, les poings serrés. *Vas-y, m'man !* Personne ne pourra dire de ma mère qu'elle ne défendait pas farouchement ses marmots. Une vraie marmotte... euh... louve ! Maman s'arrêta tout près de l'endroit où le géant lumineux flottait, au-dessus du centre de notre tapis turc tout usé.

– Toujours fana des entrées théâtrales, Drake ? Comment oses-tu envahir notre intimité ? J'ai quitté la Ligue il y a deux ans. Je n'ai pas de temps à te consacrer.

Elle était furieuse. Je me disais qu'il devrait prendre garde. La dernière fois que j'avais entendu autant de mécontentement dans la voix de maman, j'avais été privée de sortie et de téléphone pendant un mois. Le géant lumineux baissa la tête et sourit à maman.

– Content de te voir moi aussi, Amy. Comment vas-tu ? Je ne t'ai pas revue depuis les funérailles de Steve.

Maman recula et porta une main à sa gorge. Elle ne se rendait pas compte qu'elle avait ce tic de la « main sur la gorge » lorsqu'elle se retenait de pleurer. Elle prit une grande inspiration et serra de nouveau ses poings.

– Il n'y aurait pas eu de funérailles si toi et ta Ligue d'incapables aviez protégé Steve comme vous étiez supposés le faire. Tu ne manques pas d'air avec tes *« Comment ça va ? »* espèce de crétin !

Elle n'avait pas vraiment dit crétin. En fait, elle avait utilisé le mot le plus affreux, le plus terrible et le plus horrible que j'aie jamais entendu. Jamais. *Vas-y, m'man !*

É, qui était anormalement tranquille depuis un moment, éclaircit sa voix.

– Hum, Amél... (coup d'œil vers moi) Amy, pourrions-nous revenir au sujet ? Puisque le sujet... est justement ici ?

Maman nous regarda comme si elle avait oublié notre présence. Elle ferma les yeux et remua la tête, puis reposa son regard sur Drake.

– Qu'est-ce que tu veux ? Et dépêche-toi !

Il croisa ses bras sur sa méga énorme poitrine. Le gars était costaud, croyez-moi.

– Le conseil de la Ligue a décidé que Jessie devait soit entrer comme pensionnaire à Belmont, soit s'en aller avec Élisabeth sur son île. Vous n'êtes pas en mesure de gérer l'instabilité de ses nouveaux pouvoirs.

Il avait une voix sublime, douce et riche comme une coupe glacée au caramel chaud et pacanes (pas comme les mots qui sortaient de sa bouche). Je sentis que le temps était venu pour moi d'intervenir.

– Ça y est, ça recommence. Encore des gens pour me dire quoi faire de ma vie. Vous feriez mieux de disparaître avant que je vous fasse exploser, Dirk. (Note pour référence future : Les adultes détestent qu'on se trompe en disant leur nom.) Il leva un sourcil vers moi.

– C'est Drake, Jessie. De toute évidence, tu n'as pas hérité des super neurones de ton père.

Je fis un bond hors de mon fauteuil, jetant la courtepointe par terre.

– Assez ! J'en ai vraiment par-dessus la tête ! J'ai eu assez de merde aujourd'hui, merci. Je me passerais volontiers des insultes de la pâle réplique de M. Stéroïdes. Je le fixai en plissant mes yeux. Je *pourrais* peut-être le faire exploser – tout du moins, détruire son image holographique ? Parce qu'il ne s'agissait que de cela. Ce n'était pas Drake, mais une simple projection en trois D. É et maman s'avancèrent devant moi en même temps. Maman parla en premier.

– Dis ce que tu as à dire, Drake, puis fiche le camp. Sache aussi que je vais faire un rapport sur ton insolence inexcusable à la Ligue. Aux dernières nouvelles, il y avait toujours des normes en vigueur.

– Malheureusement, nous devons faire fi des normes de courtoisie lorsqu'il y a des risques en jeu, Amy. Nous vous surveillons, toi et tes filles, et nous sommes au courant des nouveaux pouvoirs de Jessie. Jusqu'à présent, elle possède une superouïe et la capacité de provoquer des combustions spontanées. Ces deux pouvoirs à eux seuls indiquent qu'elle pourrait être la première *véritable* superhéroïne aux multipouvoirs en seize générations. Nous ne savons pas combien de pouvoirs se manifesteront. Par conséquent, nous devons la surveiller et la contrôler étroitement.

Il nous regarda, l'air de dire : « J'ai parlé, obéissez maintenant, humbles femelles. » Ha ! Il ne connaissait pas très bien *ces* femelles. Nous n'étions pas le genre à nous plier aux ordres. Puis, maman fit une chose qui me sidéra. Elle éclata de rire.

– Est-ce que ça marche vraiment avec ta bande de ratés, Drake ? Parce que tu n'as aucune compétence ici, et tu le sais.

Jessie restera dans ma maison... (Silence et regard d'avertissement à É) ... dans *ma* maison, mère, et elle continuera à aller au lycée de Skyville. Vous avez pris mon mari. N'approchez pas de ma fille. Maintenant, sors de ma maison. Tu m'incommodes !

Drake ouvrit la bouche pour répondre, avec une expression qui ne présageait rien de bon. Puis, il se volatilisa. Juste comme ça. Je regardai autour de moi et vis maman pointant la télécommande de la télé vers l'endroit où se trouvait Drake. Hein ? Maman vit mon air confondu et se remit à rire.

– Ce n'est pas pour la télé, Jess. Papa a élaboré un réseau d'interférences électroniques pour empêcher les transmissions indésirables d'entrer dans la maison. Il suffit d'appuyer sur le bouton *mute*.

Elle sourit et ajouta, presque pour elle-même :

– Steve avait un sens de l'humour très original.

Ensuite, elle reposa la télécommande sur l'étagère et me regarda.

– *Pâle réplique de M. Stéroïdes*, Jess ? C'était grossier. Drôle et totalement approprié, mais grossier. Tu es devenue une adolescente à mon insu.

J'ouvris la bouche pour répondre, mais elle m'arrêta d'un geste de la main.

– Voici ce que je te propose. Tu vis avec moi et tu continues à aller au lycée de Skyville tant que tu maîtrises tes pouvoirs et – ceci est crucial – tu ne dois jamais dévoiler le secret des superhéros ou de la Ligue aux Normaux. Au moindre doute, tu te retrouves à Belmont ou chez É. Tu as bien compris ?

Elle ne me demanda pas si j'étais d'accord, mais mon petit doigt me suggéra de ne pas pousser ma chance. J'acquiesçai d'un signe de tête.

– Dès demain après-midi, tu commences tes leçons avec moi et É. Tu dois apprendre à contrôler tes pouvoirs, et nous sommes les mieux placées pour t'aider.

Elle me serra dans ses bras – une vraie étreinte –, puis É fit de même. Sentant un petit cas de reniflement approcher, je m'extirpai du bain de câlins en me tortillant.

– Humm... Reprenons ce beau moment Hallmark un peu plus tard. Je suis fatiguée.

Comme je montais dans ma chambre, il me traversa l'esprit que Hallmark n'était pas une méga société pour rien. Un peu de guimauve, ça fait parfois du bien.

Avant d'aller se coucher, É parvint à me convaincre qu'un peu de coopération avec la Ligue serait aussi une bonne chose. Ainsi, avec la permission de maman (donnée à contrecœur), j'avais l'ordre de tenir un blogue quotidien pour montrer au conseil de la Ligue que je n'étais pas une menace pour l'humanité ou pour les réserves mondiales de fleurs séchées.

(Comme si j'en étais capable. Je ne peux même pas me décider sur le choix d'un cavalier pour le Mini-Bal. Et je parie que la capacité de prendre des décisions est une qualité essentielle pour tous les méchants en devenir.)

Bon, j'avais finalement trouvé le moyen d'accéder au site Web de la Ligue (pourquoi tout ce machin top secret devait-il être si secret ?) et je tapai mon introduction aux autorités.

www.SuperJessie@Ligueblogue.com

Bonjour blogueurs de la Ligue ! Je n'ai encore rencontré aucun d'entre vous (à part Drake, et désolée de vous avoir traité de « pâle réplique de M. Stéroïdes »; j'avais eu une journée particulièrement pénible), alors voici ma présentation de newbie.

Je m'appelle Jessie Drummond. Vous connaissez ma mère, vous connaissiez mon père et tout le monde connaît ma grand-mère É. Drake dit que posséder plus d'un pouvoir est rare, mais je veux savoir pourquoi je ne peux pas avoir quelque chose d'utile, comme un super lisseur de cheveux ou même un super gonfleur à nichons. Je ne devrais pas parler de nichons dans ce blogue, mais bon, ce n'est pas comme si vous étiez des moins de treize ans, hein ?

Aujourd'hui, ma tête a failli exploser, mais c'était à cause de ma superouïe. Je crois que vous devriez vraiment vendre des boules Quiès sur le site Web de la Ligue, parce qu'on n'en trouve pas sur eBay – de toute façon, qui voudrait utiliser des boules Quiès usagées ? Je veux dire, pouah ! Je ne mettrais certainement pas la cire de quelqu'un d'autre dans mon oreille. Cela m'aiderait vraiment, vraiment beaucoup, à régler le problème du chien qui pisse. (La boule Quiès, pas la cire !) Mais je présume que le conseil a d'autres chats à fouetter que de se préoccuper de chiens qui pissent et de cire d'oreille, n'est-ce pas ?

Bon, en tout cas, ma mère et É vont me donner des leçons afin que je puisse contrôler cette chose et ne plus voir le caleçon de M. Platt, parce qu'il n'y a rien de plus repoussant qu'un prof d'algèbre centenaire en sous-vêtement de soie rouge – c'est lui qui menace l'humanité, pas moi. Et j'ai entendu parler des questions d'intimité, mais c'était après avoir vu les Jockey de Mike, alors je ne le ferai plus.

Avez-vous un babillard électronique ? Ou un groupe de discussion ? Inscrivez-moi partout. Je suis très à l'aise avec Internet. Nous avons finalement le câble pour améliorer notre vitesse de connexion. Avez-vous une meilleure solution ? Que savez-vous des bloqueurs de pourriels ? Ma mère devient dingue lorsqu'une de ces publicités pour « allonger votre machin-truc » réussit à s'infiltrer – pourtant, le mot p*n*s n'est pas si difficile à détecter. Et, franchement, la vraie question, c'est : « Pourquoi voudriez-vous que cette chose-là soit plus longue ? » Est-ce que cela ne rendrait pas la marche difficile ?
Superhéroïnement vôtre,

Jessie Drummond

CHAPITRE 8

SUPER FREAK N'EST PAS QU'UNE VIEILLE CHANSON

C'était la première fois de ma vie que j'étais contente que la classe de math débute. Ce matin-là, il me fallut recourir à toute ma volonté – et elle était plutôt mince – pour remonter l'allée jusqu'à ma place. Lorsque je passai près d'elle, Kelli prit un air terrorisé et me demanda si j'avais prévu de rejouer une scène de *Carrie* aujourd'hui. Sorcière ! Après le cours, elle me harcela de nouveau jusqu'à la salle d'anglais.

– Jessie, y a-t-il des antécédents de maladie mentale dans ta famille, ou est-ce toi qui lances la tradition ?

Je m'apprêtais à l'attaquer verbalement – je gardais à l'esprit que vaporiser sa tête me serait préjudiciable à beaucoup de points de vue –, lorsque le beau gars vint à ma rescousse. Seth marcha entre moi et le furoncle malfaisant aux faux cheveux auburn et me poussa dans un coin. « Jessie ? Jess ? Allô, ici la terre ? Es-tu là ? »

Seth secouait mon bras gentiment et riait. Je le regardai. Holà ! Je venais encore d'avoir une absence en présence de cinquante pour cent de mes espoirs de ne pas être seule au Mini-Bal. La super instabilité mentale faisait sans doute partie de mon patrimoine génétique. Si cela continue, on finira par m'envoyer exercer ma supervue derrière un mur de caoutchouc.

– Ne te laisse pas faire par Kelli. Elle a autant de compassion qu'un phacochère. Est-ce que ça va ?

Il plongea ses magnifiques yeux chocolat fondant dans les miens. J'évaluai les risques de perte de crédibilité potentielle si je simulais une perte de connaissance pour qu'il me porte jusqu'en classe. Comme il ne devait peser guère plus que moi, je décidai de rejeter ce stratagème et optai pour celui de la compassion.

– En effet, elle est parfois un peu cruelle. Je clignai des yeux plusieurs fois – pas un vrai battement de cils mais plutôt un mini-battement aguicheur –, et levai mon regard vers lui. (Ça marchait tout le temps avec Orli.) Évidemment, c'était des rêves. Plus déconnectée de la réalité que ça, tu meurs.

Seth mit son bras autour de mes épaules. Il sentait franchement bon. Une odeur fraîche et propre de savon, et non d'eau de Cologne bon marché ou d'après-rasage. Une odeur chaude et câline de gars.

– Jessie, ne te laisse pas faire, répéta Seth.

Il retira son bras et fit un pas en arrière, comme s'il venait subitement de se rendre compte qu'il serrait la débile de la classe et qu'il ne voulait pas détruire sa réputation. Sympa... J'étais là, à planifier notre future vie de couple, et lui avait honte d'être vu en ma compagnie.

– Jessie, au sujet du Mini-Bal. Je... euh... je me demandais si tu aimerais y aller avec moi.

Ça alors ! J'étais sûre d'être la ratée du millénaire à ses yeux, et voilà qu'il m'invitait au bal. Trop cool ! Donc, tout le monde ne me voyait pas comme la nouvelle débile mentale de l'école.

J'eus un moment de panique à la pensée que je n'avais pas de robe, pas de souliers et pas de rendez-vous au salon de coiffure ou de manucure – si seulement ma superouïe et ma supervue pouvaient me donner un coup de main avec tout ça ! Mais j'étais experte en résolution de problèmes et je disposais de dix jours.

– J'adorerais...

Driiing !!!

Zut ! De nouveau en retard pour le cours d'anglais, et je doutais d'avoir suffisamment exprimé mon assentiment du regard pour qu'il devine que ma réponse était (oh !) oui. Il me sourit, haussa les épaules et dit quelque chose que je ne pus comprendre. Nous nous précipitâmes dans la classe tandis que la cloche sonnait encore. (Ai-je déjà précisé que les sonneries étaient looongues ?) Pas de souci. Je lui dirai oui après la classe.

À midi, je n'avais toujours pas eu l'occasion de parler à Seth. À la fin du cours d'anglais, il s'était dépêché d'aller à son cours de Théorie avancée pour gens intelligents, ou quelque chose du genre, pendant que je galérais en cours de français. En faisant la queue à la cafétéria pour avoir nos « boulettes surprises » inscrites au menu, Lily et moi discutions de la possibilité que la maladie de la vache folle soit la surprise en question. J'en profitai pour lui annoncer que Seth m'avait invitée au Mini-Bal.

– C'est génial, Jess ! Je vous trouve trop mignons tous les deux. John est très emballé par le thème des pirates. Il m'a demandé si c'était cool de porter un cache-œil.

Je fis une terrible grimace, mais c'était à cause de la couleur insolite de la bouillie sur mon plateau, et non du cache-œil. Je frissonnai, puis transférai mon regard du plateau à Lily.

– D'après les pixels que j'ai vus, je crois qu'il pourrait relancer la mode du cache-œil. Il est vraiment super, Lil. Elle sourit, puis tendit sa carte de cafétéria à la caissière, mais je l'arrêtai.

– Non, j'ai des Benjamin aujourd'hui et je t'en dois. Je sortis des billets froissés de ma poche et les remis à la caissière.

– Techniquement, j'ai des George et un Abe, mais a-t-on besoin d'être précis au sujet des présidents décédés ? Te souviens-tu de l'imbécile à l'aéroport qui n'arrêtait pas de débiter des noms de présidents morts pendant le contrôle de sécurité ? On aurait dû le mettre en prison juste pour sa stupidité.

Lily sourit de nouveau et précisa :

– Au même titre que celui qui porte deux motifs écossais discordants. Tiens, voilà Avielle. Je veux m'assurer que c'est confirmé pour le disc-jockey. Il a beau être son petit ami, il est super en demande dans la région et je ne veux surtout pas me retrouver avec un amateur qui passe *La Macarena* toute la soirée.

Nous eûmes toutes deux un mouvement de recul. Avez-vous déjà surpris vos parents en train d'essayer de danser *La Macarena* ? Il y a de quoi être traumatisé. Peut-être à vie.

Nous devions traverser l'enfer des meneuses de claque avant de rejoindre Avielle et ses admirateurs... euh... les étudiants qui accomplissaient tous les travaux laborieux qu'elle leur assignait juste pour jouir du privilège de sa belle présence. (Notez qu'Avielle ne profitait pas [trop] d'eux.)

Bien entendu, Kelli était en pleine forme – en d'autres termes, ses instincts de barracuda étaient bien aiguisés.

– Jessie, es-tu sûre que c'est prudent pour toi de revenir si vite à l'école, tu sais, après ton... hum... ta dépression nerveuse ?

Ma mère m'a raconté que Gloria, une fille de son club, avait dû être internée pendant six mois après avoir piqué une crise de folie pendant une leçon de tennis; elle avait essayé de rentrer la tête de sa partenaire dans la machine à balles. Elle secoua la tête dans une parodie grotesque de tristesse. Un cas si tragique.

J'avais fait le vœu d'éviter toute confrontation qui me mettrait sur la liste noire de Kelli, mais trop, c'est trop. Après les événements des derniers jours, ce n'était pas une meneuse de claque qui allait me terroriser. Je serrai le plateau si fort que j'avais l'impression de marquer le métal de mes empreintes, puis je tournai la tête vers Kelli.

– Écoute, l'ado pathétique au pif mal refait et aux cheveux à la mousse, j'ai assez entendu de moqueries sournoises de ta part pour le restant de ma vie. Si tu as quelque chose à dire, crache-le.

Kelli tressaillit, puis retrouva sa contenance rapidement. Elle n'avait pas l'habitude qu'on lui tienne tête, mais elle avait encore moins l'intention de flancher.

– Crache, je veux dire, sache que ceci est mon vrai nez et que je n'utilise pas de mousse à un dollar comme toi; j'utilise du *Kerastase*.

Elle articula le mot de la fin avec toute la dignité d'une reine s'adressant à ses sujets. Mais je brisai le charme en éclatant de rire.

– Ben voyons, Kelli. Je n'ai pas vécu quinze ans à Seattle pour rien. Je peux repérer une rhinoplastie à cent cinquante mètres. Et si tu penses...

– Ça va, arrêtez ! Arrêtez toutes les deux !

Mike se planta entre nous, les mains en l'air. Je pris une profonde inspiration et fis un pas en arrière, optant pour le concept de la maturité.

– C'est elle qui a commencé, dis-je. Oups... Oublions la maturité.
Il rit.

– Je te crois. Kelli adore semer la zizanie autour d'elle, n'est-ce pas, Kel ?

Kelli montra vraiment les dents. Si les regards pouvaient foudroyer, comme on dit, Mike serait une tache sanglante sur le linoléum. Il l'ignora complètement cependant et mit son bras autour de mes épaules. Hmmm… C'était la deuxième fois en une journée qu'un gars extra m'entourait de son bras. Je sentis un frisson de chaleur parcourir mon échine. Tandis que nous dépassions Kelli, je jetai un coup d'œil par-dessus mon épaule et résistai à l'envie de lui tirer la langue. (Donc, tout n'est pas perdu sur le plan de la maturité.)

– Jessie, j'ai entendu dire que tu as complètement flippé en salle d'étude hier. Est-ce que ça va maintenant ?

Génial ! Je sentis mon visage rougir si fort qu'il devait être mauve. Je baissai les yeux vers mon plateau et essayai de desserrer mes doigts.

– Non. Je veux dire, oui. Enfin, non, je n'ai pas vraiment flippé; j'ai eu une migraine soudaine, qui m'a causé des douleurs bizarres aux oreilles… euh… aux tympans, et oui, je vais bien. Tu sais, les migraines sont... (Au petit déjeuner, É m'avait conseillé d'utiliser l'excuse de la migraine.)

– Ouais, je sais. Peu importe. Écoute, veux-tu venir au Mini-Bal avec moi ? Je sais que cela ne te laisse pas beaucoup de temps pour les trucs de filles, mais je ne te connais que depuis, quoi, trois jours ?

Il me sourit et je remarquai que les yeux bleus, c'était aussi beau que les yeux marrons. Peut-être plus, en fait. Ces yeux bleus-là étaient brillants et délicieux et... Holà ! Il était en train de me parler.

– Euh... tu disais ?

– Le bal, Jess. Bon, je dois filer. On a une rencontre avec l'entraîneur qui voudrait bien faire entrer davantage de stratégie dans nos crânes de super bêtes d'attaque. Tu me donneras ta réponse plus tard, O.K. ?

Il serra mon épaule et s'éloigna. Et je restai plantée là, affichant mon plus bel air de carpe. Je clignai des yeux plusieurs fois, en repensant à ce qui venait juste de se produire. Lorsque ma vision s'éclaira, je vis Seth, assis à une table juste en face de moi, qui me regardait.

Oh non ! *Seth*... Il avait bien dû entendre que je n'avais pas refusé l'invitation de Mike pour le bal – comme je n'avais pas refusé la sienne pour ce même bal. Méga dilemme, me direz-vous. (Si vous pensez que les superpouvoirs font qu'il est plus facile d'être ado, vous vous fourvoyez royalement.)

J'adressai une sorte de sourire timide à Seth et me dépêchai de rejoindre Lily et Avielle. En déposant mon plateau sur la table, je réalisai que mes doigts étaient presque collés au métal. Je regardai le plateau. L'impression que j'avais eue un peu plus tôt d'avoir marqué le métal de mes empreintes n'était *pas* qu'une impression.

Seth réussit à m'éviter tout le reste de la journée et je réussis à éviter Mike. C'était un étrange jeu de cache-cache entre moi et les deux gars de mes rêves. En salle d'étude, Lily brandit une autorisation nous dispensant de la supervision de l'Écossais pendant la semaine et demie précédant le bal. Mme True nous avait donné la permission d'utiliser la salle de gym pendant l'heure d'étude pour mettre notre stratégie au point. (Elle était pas mal cool pour une directrice.) Évidemment, avant de commencer à travailler sur le Mini-Bal, il fallait que j'expose mon dilemme à Lily et Avielle.

– Donc, j'ai maintenant *deux* invitations au Mini-Bal et je ne sais pas laquelle accepter. Celui qui ne sera pas choisi sera furieux contre moi. Et si je me trompais dans mon choix ? Et si mon avenir entier reposait sur cette unique décision ?

Avielle roula des yeux.

– Et si le monde entier explosait ? Et si c'était la fin de toute forme de vie connue ? Elle pouffa de rire. Il n'y a pas de mort ou de cataclysme en jeu ici.

C'était ce qu'*elle* pensait. J'aurais certaines choses à *lui* apprendre sur les explosions...

– C'est simple, tu ne trouves pas ? demanda-t-elle à Lily.

Lily acquiesça, mais je n'avais aucune idée de ce dont elles parlaient.

– Qu'est-ce qui est simple ? demandai-je à mon tour.

– Fais des sorties d'essai, répondit Avielle.

Lily acquiesça de nouveau.

– Oui, c'est la seule façon.

– Quoi ? C'est quoi une sortie d'essai ?

Avielle leva ses mains en signe d'exaspération, comme si la réponse allait de soi.

– Tu sors avec les deux – mais pas en même temps, j'ai déjà essayé dans le passé, mais ça ne marche jamais –, puis tu choisis celui que tu préfères. Tu ne peux pas savoir ce que vaut vraiment un mec si tu ne passes que quelques minutes avec lui à l'école.

Je hochai la tête lentement. Cela pouvait marcher. Je n'avais qu'à m'arranger pour qu'ils m'invitent tous les deux en fin de semaine, puisque le bal avait lieu le week-end suivant. Cela ne me laissait pas beaucoup de temps pour travailler. Mais, bon, mon avenir entier était en jeu. L'un de ces garçons était destiné à être mon premier flirt. Un mauvais choix compromettrait toutes mes chances d'une vie comblée de baisers.

Les supernotes de Jessie

Raisons pour lesquelles la superforce
est une mauvaise chose :

1. Problèmes de destruction des biens.
2. Les gens vous demanderont de déménager leurs meubles.
3. Un gars déteste qu'une fille soit plus forte que lui.

CHAPITRE 9

MENACE SUR LE LIQUIDE À VAISSELLE

À mon retour de l'école, É m'attendait sur le perron. Malgré les trente-sept degrés Celsius, elle était magiquement fraîche et non frisottée. Moi, par contre, j'avais l'air d'une enfant issue de l'union de Ronald McDonald et de Bozo le clown, ou plutôt de Bozette la clownette. (Disons que les frisettes ne m'avantageaient pas vraiment, d'accord ?)

– Es-tu prête ? me demanda-t-elle.

– Prête pour quoi ?

– Tu le *sais* très bien. Les Super leçons !

Elle bondit gaiement et attrapa mon sac à dos. (Vous ai-je déjà dit que je détestais les gens guillerets ?)

– Débarrassons-nous de ces devoirs d'école fastidieux et amusons-nous, d'accord ?

Je la suivis dans la maison agréablement climatisée.

– Alors, É, tu n'adhères pas à l'école de pensée qui dit que *l'éducation est ton avenir* ? Elle sourit et secoua la tête.

– J'ai toujours pensé que le système d'éducation dans ce pays n'avait pas évolué depuis le début de la révolution industrielle et j'avais hâte d'en sortir. Tu sais, j'ai décroché à seize ans.

Je sentis ma mâchoire se décrocher de nouveau – avec cette sale manie, je finirai bien par avaler des bestioles. (La Floride est aux insectes ce que Orli est aux filles. Miam à souhait !)

– Tu as décroché ? Maman ne me l'a jamais dit. Toute abasourdie, je la suivis dans la cuisine, puis fis un tour d'horizon du regard. Au fait, où est maman ?

É déposa mon sac à dos sur la table et pointa du doigt une boîte de beignets.

– Prends une collation. Ta mère est partie chercher du travail et Chloé dort chez Flaque cette nuit.

Je faillis m'étrangler avec le beignet. *Du travail ? Était-il possible que la thérapie du deuil et toutes ces histoires de « nouveau départ » et de « tourne la page » aient fini par porter des fruits ? J'avais mes doutes, mais un travail serait un grand pas en avant. En fait, chercher du travail était en soi une démarche importante – cela voulait-il dire que nous étions pauvres ?*

– Pourquoi maintenant ? On n'a plus d'argent ? On va se retrouver à la rue ? Je dois trouver un boulot... ou troquer mes vêtements contre de la nourriture ? Soudain, le beignet au chocolat ne goûta plus aussi bon. É soupira.

– Jessie, il va falloir que tu cesses de te comporter comme une reine de tragédie. Non, tu n'auras pas à vivre sous les ponts ni à passer les journaux. Il n'y a aucun problème financier. Ta mère a simplement besoin de sortir de sa coquille. Bon, parlons de tes pouvoirs maintenant. Du nouveau aujourd'hui ?

Je pensai aux empreintes sur le plateau. Ce n'était pas vraiment un nouveau pouvoir… si ? Bah, juste une bizarrerie passagère qui ne valait sans doute pas la peine d'être mentionnée.

– Nah. Et je me suis efforcée de ne pas utiliser ceux que je possède déjà. Pourtant, une bonne façon de comparer Mike avec Seth serait d'évaluer le facteur cool de leurs sous-vêtements. Mais je m'étais abstenue de le faire à cause des droits à l'intimité et tout le tralala. (Cependant, j'avais pratiqué ma supervue dans le casier de Kelli et, si vous voulez tout savoir, il y avait une photo de Mike.)

– Bon, d'accord. Commençons par ton ouïe. Comme c'est mon pouvoir, je pourrai t'aider comme il faut.

– Euh... É ? Si tu as une superouïe et que tu fais aussi exploser les choses, pourquoi cet abruti de Drake a-t-il dit que j'étais la première superhéroïne aux multipouvoirs depuis seize générations ?

– C'est simple. Je n'ai fait exploser des choses qu'à quelques occasions et c'était lié à mes hormones et au stress. Cela ne s'est jamais reproduit depuis mon dix-huitième anniversaire. De plus, je n'ai jamais été capable de diriger ou de contrôler les explosions. Ce n'était pas vraiment un pouvoir.

Elle devait avoir vu mon visage se transformer aux mots « jamais été capable de diriger ou de contrôler », car elle me donna une petite tape sur l'épaule.

– Écoute, Jess, ceci ne veut pas dire que tu n'y arriveras jamais. Souviens-toi aussi que je n'ai jamais blessé qui que ce soit. Il en ira de même pour toi.

Je hochai la tête, pas plus rassurée pour autant. Mes pouvoirs étant si inhabituels, personne ne connaissait l'étendue de leurs dangers potentiels.

– Bon. J'ai réussi à faire baisser considérablement le bruit dans ma tête, de sorte que ce n'est plus comme si tous les gens de la terre hurlaient dans mes oreilles. En passant, merci pour les trucs de concentration. Ils m'ont vraiment aidée. É sourit.

– De rien. Les grand-mères sont bonnes à quelque chose finalement, n'est-ce pas ? Au fait, tu as causé un peu de...

d'indignation... avec ton blogue d'hier. Vieille cire d'oreille ? Jessie, Jessie, Jessie.

Elle soupira. Je savais comment elle se sentait. En y repensant, je trouvais ça dégoûtant moi aussi.

– Je sais, c'est dégueu, hein ? J'espère qu'ils tiendront compte de mes suggestions. Bon, passons à autre chose. On commence par quoi ?

É débarrassa complètement la table, puis s'assit en face de moi. Elle posa ses mains à plat sur la table et respira à fond.

– Bon. D'abord, prends une profonde inspiration purificatrice. Ensuite, ferme les yeux et ouvre ton esprit aux sons qui t'entourent. Cesse de bloquer les bruits, tu m'entends ?

Je fis ce qu'elle dit, me préparant au pire. Et le pire ne se fit pas attendre. Les horribles bruits de martèlements, de crissements et de hurlements assourdissants m'assaillirent de nouveau. Mes yeux s'ouvrirent si vite que je m'étirai presque les paupières. Je marmonnai le fameux mantra « sérénité, sérénité, sérénité » pour faire baisser le brouhaha avant qu'il ne fasse éclater mon crâne.

– Non ! Non ! Non ! Tu dois laisser venir, Jessie. Pour contrôler, tu dois d'abord apprendre à gérer.

É se leva et croisa ses bras sur sa poitrine. Elle tapa son pied sur le plancher de la cuisine pour signifier « remue ton derrière ». Le derrière en question et moi-même étions suffisamment remués comme ça, merci !

– Écoute, grand-mère, j'ai des méga problèmes. Subitement, je peux entendre tous les bruits connus de l'Univers; mes yeux sont capables de faire disparaître les murs, les plantes et – euh... – le pantalon du prof d'algèbre, et – ah oui – il y a aussi ce petit truc avec les explosions. Et puis – je te préviens, c'est vraiment, totalement, *excessivement* ignoble – je dois trouver le moyen de sortir avec deux garçons dans les trois prochains jours, pour décider lequel m'accompagnera au Mini-Bal. *Et tu crois vraiment que j'ai le temps pour Ça ?*

Seigneur ! Je venais de faire exploser la bouteille de liquide à vaisselle. Nous étions couvertes de liquide à vaisselle aux fruits tropicaux. Comment diable allais-je réussir à faire des sorties d'essai alors que j'étais sur le point d'être privée de sorties tout court pour le reste de ma vie naturelle. É, toujours imprévisible, éclata de rire.

– Bien. Je crois que Drake a raison de s'en faire. Tu vas clairement menacer les principes de la vaisselle.

Elle me fit un grand sourire tout en essuyant le liquide visqueux de son visage.

– Nettoyons les dégâts avant le retour de ta mère et profitons-en pour pratiquer d'autres exercices de contrôle.

Vous ai-je déjà dit combien je l'aimais ?

www.SuperJessie@Ligueblogue.com

Salut les blogueurs ! J'ai reçu votre courriel sur la pertinence et je ne suis pas sûre de comprendre. Vous voulez que je vous dise pourquoi je ne suis pas une menace pour la société ou pourquoi je n'essaie pas de contrôler le monde, c'est ça ? Je vais plutôt vous dire ce que j'ai l'intention de faire.

Aujourd'hui, je n'ai été une menace que pour une bouteille de liquide à vaisselle. Par contre, la cuisine est super, super propre. Décernez-vous des médailles du mérite aux superhéros, un peu comme chez les scouts ? À Seattle, j'ai été renvoyée des scouts pour avoir organisé un vol de nourriture dans le camp des gars. Leur bouffe était meilleure que la nôtre. Pourquoi devait-il y avoir des inégalités entre les sexes ? (Je n'avais pas à porter un bonnet de nuit, comme le faisait maman, mais tout de même.) En tout cas, envoyez-moi la médaille du mérite de la fée du logis, si vous en avez une.

Si vous avez une boîte à suggestions, j'aimerais que vous trouviez un moyen de faire en sorte que les superpouvoirs facilitent les rapports avec les élèves de seconde. Ou avec les garçons. Disons que ce dernier point ne serait pas très utile aux superhéros, à moins d'être gais, ce qui serait déjà assez dur pour eux. Mais je dois faire des sorties d'essai avec deux Normaux différents, aller chez la manucure, prendre un rendez-vous au salon de coiffure et trouver une robe dans ce centre commercial triste et rural à mourir. Tout ça dans les *dix prochains jours*. Pensez-vous vraiment que j'aie le temps de conquérir un monde quelconque ?

Ce soir, É m'a fait pratiquer le contrôle de ma superouïe et nous avons fait du découpage en canaux et en zones. Ce n'est pas aussi rasoir que ça en a l'air. J'ai canalisé et j'ai syntonisé sur la maison de Kelli. Ses parents ont réduit son argent de poche parce qu'elle a défoncé sa nouvelle Mustang décapotable, ce qui est assez drôle, sauf que j'ai aussi appris qu'elle a normalement *cinquante* dollars par semaine. Moi je n'ai que dix dollars, même pas assez pour m'acheter un CD !

(Pourriez-vous glisser un mot à ma mère au sujet de l'inflation par rapport à l'argent de poche des ados ?)

Après, j'ai zoné et j'ai entendu des vagues de bruits de gens et d'animaux dans une partie de la ville. J'ai ensuite déplacé ma concentration de zone en zone. C'était vraiment cool, sauf que É a flippé lorsque je lui ai demandé pourquoi M. Johannesburg, notre postier, appelait sa femme sa « petite pomme d'amour ». Il doit avoir genre quatre-vingts ans. Pouah !

É m'a demandé de changer de zone immédiatement-et-ça-presse et a marmonné quelque chose sur le fait qu'écouter des conversations intimes était contraire aux règles. Mais d'ici à ce que je pige le truc, ce sera difficile pour moi de dire ce qui est privé ou ce qui ne l'est pas. Je dois forcément écouter pour savoir, non ? Ce qui m'amène à penser que les gens qui font de l'écoute clandestine sont une bande de pervers. É dit qu'il faut que j'arrête de regarder les documentaires sur le FBI. Je m'imagine très bien avec une coiffure différente chaque semaine, comme Sydney Bristow. N'importe quels cheveux seraient mieux que les roux bouclés même s'il faut se faire battre toutes les semaines par des agents doubles du KGB. (Au fait, vous n'avez pas répondu à ma demande de super lisseur de cheveux.)

Bon, entre les boulettes surprises et le problème de vivre sous les ponts et d'avoir à passer les journaux, je meurs de faim. Il faut que je trouve à manger ! TTYL, super blogueurs.

Jessie Drummond

P.-S. Est-ce que la vision aux rayons X permet de réchauffer les aliments aussi ? Comme un micro-ondes personnel ? Je pourrais apporter des mini-pizzas congelées à l'école et les réchauffer avec mes yeux, plutôt que de prendre la ligne express E. coli. (Juste une question.) Jess

CHAPITRE 10

MÉFIEZ-VOUS DE VOS VŒUX

M. Platt nous colla une interrogation surprise en algèbre, ce qui prouve une fois pour toutes qu'il n'y a pas de justice. La nuit passée, j'étais trop occupée à écouter chez tous mes voisins pour avoir le temps de faire ne serait-ce que mes devoirs. Et ce matin, je n'avais aucune idée de comment résoudre les problèmes. Pas besoin de pouvoirs psychiques pour prédire mon avenir si mon niveau en math ne s'améliore pas.

Le cours d'anglais était vraiment cool. Nous avons passé l'heure à réserver des bouquins pour nos essais en recourant au système de prêt interbibliothèques. En ligne, je réservai ainsi des bandes dessinées pour mon essai, ce qui, en plus d'être totalement approprié, me redonnait des points de popularité. (Il ne m'en restait guère depuis mon épisode de démence en salle d'étude.)

Il s'avéra que Seth était lui aussi un fanatique de bandes dessinées. Nous échangeâmes sur les qualités des Quatre fantastiques par rapport aux superhéros solitaires comme Daredevil.

– Comme si des gens avec tous ces pouvoirs pouvaient vraiment travailler ensemble ! dit-il en secouant la tête.

C'était quand même bizarre. Tout en se moquant de l'idée d'un travail d'équipe de superhéros, Seth m'observait comme s'il s'attendait à ce que je le contredise. Je ravalai l'argument prétentieux sur le fait que *nous* étions en train de travailler ensemble – lui le génie des maths et moi, la retardée – que j'avais sur le bout de la langue. (Décidément, il était encore plus délicieux à croquer de près.) La conversation sur les superhéros (le stupide sujet de mon essai) était vraiment une méga mauvaise idée. Suspectait-il que j'étais une superhéroïne ? Si la nouvelle s'éventait, elle déclencherait une panique générale qui détruirait le pays entier. En plus, je devrais aller à Belmont.

Que risquait Seth s'il savait quelque chose ? Devrait-il disparaître et ne plus jamais revoir sa famille ? En toute bonne conscience, pouvais-je provoquer une telle catastrophe juste pour avoir le dernier mot ? Je la fermai. Je remarquai qu'il n'était pas si maigrichon que ça. En fait, il avait un corps élancé de coureur, genre musclé et solide, ce qui était tout à fait parfait.

Pour en revenir à nos moutons, j'avais peur que Seth ramène le sujet du Mini-Bal sur le tapis avant que j'aie le temps de régler la question de la sortie d'essai. Au contraire, il m'offrit une occasion en or, tandis que le bibliothécaire s'en allait engloutir sa dose de caféine nécessaire pour survivre à son travail.

– Au fait, Jessie, cette visite de la ville, elle te tente toujours ?

(N'était-ce pas impeccable ? Je vous le dis, c'était le destin !)

Je pouvais voir Lily, assise derrière Seth, qui faisait frénétiquement « oui » de la tête. Comme si j'avais besoin d'aide dans ce domaine. Je veux dire, ce n'était pas un problème d'algèbre quand même.

– Oh oui, beaucoup ! Pourquoi pas demain soir ? Vendredi faisait mon affaire car c'était le jour où Mike jouait au football. Si je pouvais décrocher un rendez-vous avec Mike pour samedi, ce serait l'idéal.

– Demain, c'est parfait. Je vais élaborer un plan pour la soirée et je viendrai te chercher à sept heures, répondit-il en me souriant.

Pendant un bref instant, j'oubliai les manigances, les stratégies et les sorties d'essai, parce qu'il avait le plus mignon des sourires, avec une fossette toute délicate sur sa joue gauche. (Comment ai-je pu ne pas la remarquer avant ?)

– ... s'il ne l'a pas invitée au Mini-Bal par pitié, alors moi je suis un babouin. Stupide vache ! Et c'est quoi son problème de cheveux ? Elle n'a jamais entendu parler de brushing ? Si j'avais des cheveux aussi crépus – sans parler de l'horrible couleur – je me ferais raser la tête.

C'était Kelli, et elle parlait de *moi*. Mon cœur fit une chute vertigineuse jusqu'au gouffre de mon estomac tandis que mes yeux balayaient la bibliothèque et que mes joues brûlaient. *Qui* pensait-elle m'avait invitée par pitié ? Ce devait être Mike parce qu'elle était juste à côté lorsqu'il m'avait posé la question à la cafétéria. Mais pourquoi ?

– Toujours la vieille rengaine de la pauvre petite orpheline. Mike essaie de me rendre jalouse. Comme si ! Il se lassera vite d'elle et reviendra vers moi en courant. Il l'a toujours fait et il continuera à le faire.

Je la vis finalement au détour d'un rayon, elle et sa secte d'adeptes du brushing. Comme sur un signal, elles se mirent toutes à me regarder. En croisant mon regard, Kelli me lança le sourire le plus maléfique, le plus satanique que j'aie jamais vu en dehors de celui des démons dans *Buffy*.

Je me rendis compte que je tremblais lorsqu'un bruit de cliquage se fit entendre et que la souris dans ma main se mit à aller et venir sur le bureau. J'eus des sueurs froides. Étrangement, personne dans la salle ne me dévisageait en pouffant de rire. « *Pauvre petite orpheline... invitée par pitié... il se lassera vite.* »

Je jetai un coup d'œil circulaire. Personne ne me regardait, sauf Seth. Il avait un regard interrogateur, se demandant sans doute pourquoi la souris dans ma main dansait le charleston. Évidemment, personne ne pouvait entendre Kelli, puisqu'elle chuchotait. Ma superouïe s'était mise en marche parce que j'avais baissé les gardes, distraite par une surdose de phéromones libérées par le sourire de Seth. Je desserrai un tantinet l'étau mortel de ma main autour de la souris, mais j'agonisais intérieurement.

Je réussis par quelque miracle à survivre à cette horrible journée. Partout où je tournais la tête, il me semblait voir le sourire méprisant de Kelli ou de l'une de ses clones. Je pensais vomir avant de pouvoir m'échapper au gym. Je devais être toute verte car Lily m'en fit la remarque. (Avielle était dans la salle d'informatique, en train de taper la liste des morceaux à passer pour le Mini-Bal.)

– Jess, qu'est-ce que tu as ? Tu as une mine terrible ! C'est à cause du ragoût de cochon mort aux flageolets ? Pourtant, tu n'en as presque pas mangé.

– C'est vrai, je ne suis pas forte sur le jambon. Mais je crois que je suis juste fatiguée. Je me sentirai mieux après un moment tranquille à parler de décorations et... Et c'est alors que cette tranquillité tant souhaitée s'écroula sous les sabots d'un troupeau d'élèves de première – ou, pour être techniquement plus précise, sous les Nike, Reebok et Adidas. Lily et moi nous regardâmes et parlâmes en même temps.

– C'est quoi ça ?

– Nous étions sensées avoir...

L'entraîneur Knox nous vit, assises à notre table.

– Désolé les filles. J'ai besoin de la place pour rattraper une séance qui a été annulée le jour où les fenêtres ont explosé. Une moitié du gym servira pour un match paisible de ballon chasseur et l'autre, pour l'audition des joueurs de l'équipe de volley-ball junior.

C'était fichu pour la paix et la tranquillité. Pourquoi, encore une fois, étais-je si déterminée à rester au lycée de Skyville ? Ce n'était certainement pas parce que j'y avais fait une entrée éblouissante.

– Qu'est-ce qu'il y a de si formidable ? J'aimerais bien le savoir. Je m'affalai dans le siège de la VW. É haussa les épaules et coupa la route d'un autobus.

– Franchement, Jessie, ce n'est pas toujours génial. Pour commencer, c'est une énorme responsabilité. Tu dois utiliser tes pouvoirs pour faire le bien, t'assurer que personne ne soit mis au courant et te préoccuper des opinions politiques de la Ligue – tout ça en même temps. Parfois, j'aimerais être une simple Normale – j'aurais bien aimé être pilote d'avion à réaction.

Je lançai un regard oblique vers elle. Elle portait une robe noire à pois blancs et, comme d'habitude, elle était toute fraîche et bien coiffée. Mes cheveux sortaient tout droit de frisottisville. Je soupirai.

– J'en ai marre d'être un phénomène de foire, c'est tout. Les gens parlent tout le temps de moi, et... J'abandonnai. Comment pouvait-elle comprendre la pression du lycée. É devait avoir au moins... je fis le calcul. J'ai presque seize ans, maman en a environ trente-huit – elle devait avoir presque soixante ! Impossible qu'elle me comprenne. Je lui jetai un autre coup d'œil furtif. Elle paraissait vraiment bien pour quelqu'un de si vieux. Elle me surprit en train de la regarder.

– Pourquoi me regardes-tu comme si j'avais subitement des cornes ? Qu'est-ce que les gens disent de toi *tout le temps* ? Et comment le sais-tu ? Es-tu paranoïaque ou utilises-tu ta superouïe ? Tu sais, dans un trou perdu comme ici, juste le fait de venir d'ailleurs fait de toi un objet de conjectures.

Elle fit une grimace (et je compris d'où me venait ce tic du nez retroussé qui rend maman si folle) et secoua la tête.

– J'ai dit à Amy de ne pas t'envoyer dans une école de Normaux, mais elle voulait que tu aies l'impression d'être à ta place. Ha !

– Ne critique pas maman. Elle avait raison ! Je n'aurais pas pu me sentir bien à Belmont, où tout le monde a commencé à avoir des pouvoirs à environ sept ans max. Nous étions toutes deux surprises que j'aie défendu maman. É fit une embardée, évitant de peu un camion, et se gara dans un crissement de pneus devant la banque.

– Laisse-moi te raconter une petite histoire, Jess. C'est au lycée que *mes* pouvoirs ont commencé à se développer. Comme tu as dû en entendre parler, il y a eu quelques problèmes d'explosions. Ensuite, j'ai eu un incident semblable au milieu d'un pique-nique de l'église, rien de moins, lorsque ma superouïe s'est manifestée. Je te rappelle qu'on était en Iowa, à la fin des années 1950. Par chance, ils n'ont pas tenté de m'exorciser !

J'étais l'être le plus anormal de toute l'histoire de ma famille de Normaux.

J'interrompis ce mensonge avant qu'il ne devienne plus gros qu'une maison.

– Tu ne peux pas avoir des parents Normaux, sinon, tu n'aurais pas de superpouvoirs. Même *moi,* je sais ça. Bien essayé quand même. É plissa les yeux. (Elle n'avait *pas* le regard qui tue de maman.)

– Écoute-moi bien, Jessica Drummond. Si tu arrêtais de t'apitoyer sur toi-même et ouvrais tes super oreilles, le monde ne s'en porterait que mieux. Ma mère était une Normale et mon père avait des superpouvoirs latents qui ne se sont finalement jamais manifestés. Les scientifiques de la Ligue ont fait cette découverte par l'ADN lorsqu'ils m'ont secourue. Ils ont parlé à mes parents d'une école spéciale pour les enfants atteints d'une maladie inventée, caractérisée par des crises de hurlements comme celle que j'avais eue au pique-nique. J'ai dû quitter ma famille et les seuls amis que je connaissais. Plus tard, lorsque j'ai voulu retourner les voir, la Ligue a refusé sous prétexte que je pouvais compromettre leur sécurité.

Elle prit une profonde inspiration, les doigts agrippés au volant.

– Ainsi, ma punition pour avoir failli mettre au grand jour notre secret, si l'on peut dire, a été de perdre ma famille. Jessie, assure-toi de ne jamais, jamais parler de tes pouvoirs à qui que ce soit.

Elle me transperça du regard, comme si elle pouvait voir à l'intérieur de mon corps, là où je cachais mes inquiétudes à propos de Seth et de ce qu'il savait. *Qu'arriverait-il s'il découvrait notre secret ? Allait-on m'emmener loin de maman et de Chloé ? À jamais ? Elles étaient au courant des superhéros, mais quand même... Et Seth ? Allait-on l'enfermer dans une salle d'interrogatoire ?* J'essayai d'avoir l'air calme de quelqu'un qui n'est pas du genre à révéler des secrets. Je haussai les épaules.

– Je ne le dirai jamais. Ne t'inquiète pas. *Je m'inquiéterai bien assez pour nous deux.*

É démarra le moteur et reprit la route, le sourire aux lèvres. Je regardai par la fenêtre et me tus jusqu'à la maison. En arrivant dans le stationnement, je vis maman et Chloé en maillot de bain sur la pelouse devant la maison. L'arroseur était en marche et maman pourchassait Chloé sous le jet, toutes deux hurlant de rire. Un sourire prit forme, puis se figea à mi-course sur mes joues.

Voyez-vous ça. *Il semblerait que maman ait soudainement décidé de rejoindre le monde des vivants et de s'amuser de nouveau. Mais pour combien de temps ?*

Je refusai d'écouter la voix dans ma tête qui me soufflait : « *Laisse-lui une chance, Jessie.* » Elle avait eu deux années de chance. Je n'espérais plus rien. Je ne pouvais plus espérer. J'aurais trop mal si je me trompais.

CHAPITRE 11

SUPERFORCE : PAS SI SUPER QUE ÇA

En rentrant du jardin, maman me donna un ultimatum : super leçons avec É ou pas de sorties tout le week-end. Je décidai donc de leur servir une balle courbe, façon de parler. Maman et É étaient debout en face du fauteuil de papa, dans lequel je m'étais installée pour chercher des adresses de boutiques et de salons de beauté dans le bottin. Je me disais qu'il serait plus simple de demander à Lily et à Avielle quand les voix parentale et grand-parentale s'étaient imposées brutalement.

Je pensai aux marques que j'avais laissées sur le plateau ce midi et souris.

– Sûr. En passant, ces pages jaunes sont de l'année dernière. Il faudrait se procurer le nouveau bottin, celui-ci est totalement périmé. Puis, d'un air détaché, je déchirai l'annuaire en deux. Comme effet bœuf, c'était totalement réussi. Elles se mirent à parler en même temps.

– As-tu vu ?...

– Faut appeler la Ligue...

– Jessie, quand cette superforce s'est-elle révélée ?

Je souris et m'étirai.

– Aujourd'hui à midi, je crois. J'ai laissé mes empreintes sur un plateau métallique de la cafétéria. Elles se regardèrent, en état de choc total. Et moi, je souriais. Pour une fois, j'aimais bien être le centre d'attention. Mais mon humeur fit un tour d'environ dix-sept tons de noir lorsque je réalisai combien je ne voulais *pas* être le centre d'attention à l'école. (Ou était-ce à cause de l'idée des super leçons ?)

– Bon, je crois que nous ferions mieux de commencer les leçons avant que je ne blesse quelqu'un. Tandis que je me levais, Chloé déboula dans la pièce et effectua l'un de ses tours favoris : le bombardement en piqué sur Jessie. À trois mètres de l'endroit où j'étais, elle se précipita avec son petit corps maigrelet sur moi. Mon rôle dans ce jeu routinier ne changeait jamais. J'étais sensée l'attraper, la jeter sur le canapé et la chatouiller. Nous faisions cela depuis qu'elle avait environ deux ans.

– Jessie… Jessie… je t'ai ratée. Je... aaaaaaalllaaaiiiiiide ! Tétanisées, nous suivîmes la trajectoire de Chloé qui planait dans l'air.

– Oh, non ! Oh, Chloé ! Chloé ! hurlai-je. J'avais manqué le canapé. En traversant la pièce en courant, je réalisai que je venais de projeter ma petite sœur à travers deux pièces. Elle était passée par-dessus la table de la salle à manger avant d'atterrir à quelque dix mètres du canapé.

– *Omondieu ! Omondieu ! Est-elle blessée ? Qu'est-ce que je viens de faire ?* J'imaginai son corps, plié et cassé et ensanglanté sur le plancher. Mais elle n'était pas sur le plancher. Incroyable ! Elle avait miraculeusement atterri sur un tas de linge propre que maman m'avait demandé de plier et de ranger il y a deux jours. Chloé leva sa tête vers nous, tout étourdie mais – super gros, énorme, gigantesque merci au ciel ! – indemne. Quand elle me vit, un immense sourire illumina tout son visage.

– Encore une fois, Jess ! Encore une fois !

Pendant environ une heure, je m'entraînai à maîtriser ma superforce et à canaliser et zoner avec ma superouïe – j'avais vérifié que mes oreilles n'avaient pas grandi à cause de ma superouïe; remarquez qu'avec une crinière comme la mienne, personne ne l'aurait vu de toute façon. Puis, maman nous appela pour le dîner, qui consistait en une salade aux trois haricots, c'est-à-dire deux haricots de plus que ce que je tentais d'avaler d'habitude en une fois, et un plat de tofu, avec du pain organique acheté à la boutique Santé, Noix et Nous. Si maman nous servait de nouveau des aliments bons pour la santé, c'était signe de son retour définitif parmi nous. Elle me surprit en train de l'observer. Je lui fis alors une sorte de demi-sourire et continuai à faire semblant de manger l'affaire aux haricots. Vous parlez d'une surprise. Pouah !

Le dîner se déroula assez vite. Tout en me demandant si je finirai par mourir de faim, je lançai des regards furtifs à Chloé la miraculée. Elle avait tellement à raconter sur sa nouvelle école, ses nouveaux amis, sa nuit avec Phoebe et sa maman, qu'il ne nous restait plus qu'à l'écouter.

– Et puis Phoebe m'a montré son tiroir de sous-vêtements et il y avait un *soutien-gorge* en cuir noir ! C'est cool, hein ?

Maman semblait sidérée.

– Qu'est-ce que Phoebe fait avec un soutien-gorge. Elle n'a que sept ans !

Chloé pouffa de rire.

– Non, maman, pas celui de *Phoebe*. C'était celui de la *maman* de Phoebe.

– Tsss ! fit É. Cela semble drôlement inconfortable, si vous voulez mon avis. Dans cette chaleur ? Elle sera couverte de rougeurs et ce sera bien fait pour elle, la...

– Maman. Pas devant les filles.

Maman lança un regard menaçant à É qui laissa sa phrase en suspens.

– Tu as raison, Amy. Tiens, Chloé, aide-moi à débarrasser la table et parle-moi de ta formidable journée. Laissons ta mère et Jessie se reposer un peu, d'accord ?

Oh, ça alors ! Je commençais à aimer le truc de la grand-mère à la maison. Je reculai ma chaise et me précipitai dans l'escalier, vers mon véritable amour : mon portable adoré.

MI de SuperJessie@skyvillenet.com :
« Lily, es-tu en ligne ? Allez, Lily. J'ai besoin de clavarder. J'ai besoin du 411 pour des trucs de Mini-Bal – côté personnel, genre, où trouver une robe en si peu de temps ? »

MI de QBMike@skyvillenet.com :
« Es-tu disponible ? "

(Oh, bébé. Si tu savais comme je suis disponible pour toi. Euh... oups ! Je m'égare.)

MI de SuperJessie@skyvillenet.com :
« Je suis là. J'étais en ligne avec Lily. Quoi de neuf ? Comment a été ta rencontre de ce midi ? Avez-vous davantage de stratégie dans vos crânes de super bêtes d'attaque ? (Très grand sourire.) »

(Bravo. Maintenant, il sait que je suis une crétine qui gobe chacun de ses mots.)

MI de QBMike@skyvillenet.com :
« C'était bien, mais rasoir, comme toujours. C'est cool d'y avoir pensé. »

(Fiou… J'étais un peu moins crétine.)

MI de SuperJessie@skyvillenet.com :
« C'est quand le prochain match ? »

MI de QBMike@skyvillenet.com :
« Vendredi. Au fait, je voulais te demander d'assister au match avec moi – je veux dire, de me regarder jouer – et on pourrait sortir ensemble après. »

(Zut ! Encore dans le pétrin.)

MI de Lives4Art@skyvillenet.com :
« Hé, je suis là ! Je clavardais avec Johnny. Maintenant, je l'appelle Johnny (tu sais, comme Johnny Depp). Il me manque tellement que je pourrais mourir avant la semaine prochaine. Quoi de neuf ? »

(Bon. Maintenant elle pouvait me répondre.)

MI de SuperJessie@skyvillenet.com :
« Minute – je suis en ligne avec Mike. Il veut que j'aille au match de vendredi, mais j'ai déjà un rendez-vous avec Seth. Aaaghhh ! Je fais quoi maintenant ? »

MI de QBMike@skyvillenet.com :
« Jess, tu es là ?? »

MI de Lives4Art@skyvillenet.com :
« Dis-lui que tu es occupée et demande-lui pour samedi. Confiance. (Très grand sourire.) »

MI de SuperJessie@skyvillenet.com :
« Je suis occupée vendredi, mais que dirais-tu de samedi ? »

(Faites qu'il dise oui ! Faites qu'il dise oui ! Pour une fois dans toute ma misérable vie, faites qu'il se passe quelque chose de bon aujourd'hui !)

MI de Lives4Art@skyvillenet.com :
« Qu'a-t-il dit ? »

MI de SuperJessie@skyvillenet.com :
« Minute ! J'attends ! »

MI de QBMike@skyvillenet.com :
« Hein ? (Confus.) T'attends quoi ? »

(Zut ! J'avais dialogué avec la mauvaise personne !)

MI de SuperJessie@skyvillenet.com :
« Rien. Je veux dire, ta réponse pour samedi ? »

MI de QBMike@skyvillenet.com :
« C'est bon pour samedi. Faut que j'y aille. Super en retard avec les devoirs; risque d'être privé de voiture. À +. »

MI de SuperJessie@skyvillenet.com :
« Bye. Et chouette pour samedi. La poisse ces devoirs. Bon, alors, bye. »

(Bravo ! Encore du babillage. Plus stupide que ça...)

QBMike@skyvillenet.com est hors-ligne.
« Votre message n'a pu être acheminé. »

(Fiou. Sauvée par la technologie moderne.)

MI de SuperJessie@skyvillenet.com :
« Lily, tu es encore là ? »

MI de Lives4Art@skyvillenet.com :
« Qu'est-ce que tu crois ? Comme si j'allais t'abandonner maintenant !? Qu'a-t-il répondu pour samedi ? »

MI de SuperJessie@skyvillenet.com :
« Ça marche. J'ai officiellement 2 sorties d'essai et je ne sais pas si je dois être contente ou si je vais vomir. Ce sont les nerfs ou quoi ? Et c'est quand même bizarre qu'ils veuillent tous les deux sortir avec moi. Je veux dire, je connais mes limites. Je ne suis pas vraiment Miss Floride. »

MI de Lives4Art@skyvillenet.com :
« Qu'est-ce que tu racontes ? Tu es super mignonne ! En plus, tu es de la chair fraîche, et ça, c'est excitant ! (Sourire diabolique.) Tout va bien aller ! TTYL. »

MI de SuperJessie@skyvillenet.com :
« Génial ! – Je suis un romsteck. (Roulement d'yeux.) À +. »

J'étais trop fatiguée pour faire mon blogue ou mes devoirs, mais je devais me plier aux deux. Une heure plus tard, les mystères de l'algèbre moderne s'épaississant davantage dans ma tête, je décidai d'entrer dans le site de la Ligue. Holà ! Le conseil avait répondu à mon blogue de la nuit dernière.

« À JESSIE DRUMMOND : LA POLITIQUE DE LA LIGUE NE NOUS AUTORISE PAS À DISCUTER DE VOTRE ARGENT DE POCHE AVEC VOTRE MÈRE. NOUS PENSONS QUE VOTRE VISION AUX

RAYONS X NE VOUS PERMET PAS DE RÉCHAUFFER DES PIZZAS. S'IL VOUS PLAÎT, À L'AVENIR, ÉVITEZ TOUT COMMENTAIRE NON PERTINENT DANS VOS BILLETS. TRÈS AMICALEMENT VÔTRE, LE CONSEIL, LIGUE DE LA LIBERTÉ. »

C'en était assez. Pas question que je continue à bloguer après ça. Ils pouvaient se coller leurs *billets* sur leur *politique*.

Je rêvai que je sauvais mon Orlando bien-aimé d'une mort horrible et catastrophique au moins six fois au cours de la nuit. C'était bien romantique, mais cela ne donnait pas un sommeil des plus réparateurs. De plus, il aurait pu de temps en temps s'en sortir tout seul. Après tout, il était un elfe, un guerrier et un pirate !

– Jessie. Il faut que nous parlions.

M. Platt semblait réellement sérieux. Voilà, j'étais dans le caca jusqu'au cou. En dépit de ma nuit blanche, j'avais réussi à me traîner jusqu'en classe, mais voyez où cela m'avait menée.

– Ce devoir. Il est... et bien, il n'y a rien de bon. Tout est faux, ce qui est statistiquement impossible pour quelqu'un qui a assisté aux cours toute la semaine comme vous l'avez fait.

Il secoua la tête, ressemblant plus que jamais à un limier qui remue ses bajoues. (Pourquoi n'y a-t-il jamais de profs jeunes et beaux ?)

– Je crois que vous n'êtes pas prête pour le cours d'algèbre II, Jessie. J'ai regardé votre dossier scolaire et j'ai vu que vous avez passé algèbre I – si l'on considère D plus comme une note passable – mais vous n'apprenez rien depuis votre arrivée. Je crois que vous apprécieriez davantage les maths en reprenant le cours d'algèbre I.

Il fit une pause, comme pour dire : « Je suis si brillant d'avoir trouvé une telle solution. » Pauvre type.

– Pas question ! Je veux dire, je ne peux pas recommencer algèbre I et me retrouver en classe avec une bande de jeunes comme si j'étais une nullité totale. Vous voulez ruiner toute ma vie sociale pour les trois prochaines années ou quoi ?! Sans parler des conséquences pour l'entrée à l'université.

– *Désolé mademoiselle Drummond, mais Harvard n'accepte pas les étudiants qui ont raté l'algèbre. Nous avons entendu dire que l'école des balayeurs de Perpète-les-Oies recrute des gens comme vous.*

Je m'effondrai sur le bureau le plus proche, les mains enserrant ma tête.

– Comment pouvez-vous *ruiner ma vie ?* N'avez-vous donc pas de cœur, pas de compassion, pas de... ?

– Non. Je veux dire, non, je n'essaie pas de ruiner votre vie. Je veux juste... ha, vous pouvez, euh...

– Je peux peut-être aider. La voix de Seth interrompit le déchirant hurlement à la mort qui s'apprêtait à jaillir de ma gorge. Comme si j'avais besoin de donner à Kelli et à son escouade de sorcières une autre raison de se moquer de moi. M. Platt et moi regardâmes tous deux Seth. Mon regard était furieux tandis que celui de M. Platt était probablement soulagé à la perspective d'être sauvé des griffes de la femelle hystérique. Je montrai les dents.

– Quoi ? C'est mieux d'être une bonne idée, Blanding, dis-je.

Je savais que c'était grossier, mais je n'étais pas le genre à accepter l'humiliation en public. Seth recula d'un demi-pas et leva ses bras devant lui.

– Holà ! Je n'ai pas pu m'empêcher d'entendre et je crois que je peux aider. M. Platt, vous savez que j'ai l'intention d'être professeur de math. Que diriez-vous si je donnais des cours particuliers à Jessie afin qu'elle rattrape son retard ? Ce serait une bonne chose pour elle et un bon entraînement pour moi.

Bravo ! Maintenant, je reçois par pitié non seulement des invitations, mais aussi des cours particuliers. Comme s'il était tellement plus intelligent que moi parce qu'il est capable de résoudre des problèmes d'algèbre, et moi pas. La belle affaire…

– C'est une idée terrible, dis-je.

– C'est une idée formidable, répliqua M. Platt.

(Devinez qui eut le mot de la fin ?)

– D'accord. Ça m'est égal. On s'arrangera plus tard, dis-je en sortant de la pièce à toute épouvante, laissant les deux maniaques s'impressionner mutuellement par leur discours infesté de math. L'idée me traversa l'esprit de laisser tomber la sortie d'essai avec Seth. Peut-être devrais-je accepter immédiatement l'invitation au Mini-Bal de Mike et laisser M. le futur prof se dénicher une nana génie sans rythme. Ils pourraient danser sur... sur... des vieux CD de Michael Bolton, avec le reste des bons en math.

Sauf qu'il y avait un léger problème. J'avais fixé la date de la sortie d'essai avec Seth vendredi, et il devait donc sonner à ma porte dans environ dix heures. Oups…

CHAPITRE 12

SORTIE D'ESSAI : SETH

À l'heure du lunch, je racontai à Lily mon dilemme en math et elle compatit beaucoup, mais son esprit était concentré sur son week-end. Elle devait prendre l'autobus jusqu'à Jacksonville pour passer la fin de semaine dans la famille de John et voir son chéri jouer son premier match de football dans son nouveau lycée. L'idée de retrouver son petit ami après une semaine d'absence prévalait sur tous les problèmes d'école insignifiants, ça je le comprenais parfaitement. Toutefois, son manque d'attention me laissa en quelque sorte sur ma faim. Avielle manqua l'école carrément. Ses parents et elle étaient partis à New York pour voir des comédies musicales à Broadway.

Pourquoi maman ne pouvait-elle pas penser comme les parents d'Avielle, au lieu de rabâcher son éternel refrain « l'école, c'est ton avenir » ?

J'inspectais mon plat d'enchilada suprême quand mon ennemie jurée s'arrêta à notre table, en costume de figurine d'action meneuse de claque – avec cette allure-là, elle n'aurait effectivement eu aucune peine à créer de l'action autour d'elle. Je pris un air renfrogné.

– Vas-tu au match, Jessie ? Ou te faut-il tout un week-end pour tenter de trouver une coiffure décente pour le Mini-Bal ?

Lily plissa ses yeux, prête à répliquer, mais je lui fis non de la tête et regardai Kelli.

– Que faisais-tu pour t'amuser avant mon arrivée, Kelli ? Passais-tu tes journées à chercher la définition de *tête de linotte* dans le dico ? Son visage s'empourpra (et laissez-moi vous dire, le rouge brique ne va pas trop bien avec les cheveux auburn). Mike arriva sur ces entrefaites. À croire qu'il la suivait partout. Il pointait toujours son nez lorsqu'elle se mettait en mode « attaque la nouvelle ».

– Jess, tu vas au match ce soir ? Je marquerai un touché pour toi.

Il me sourit et je le gratifiai de mon plus beau sourire Crest Whitestrips en retour. *Et vlan dans les dents, Kelli avec un i !*

– J'y serai, c'est sûr, mais je m'attends à au moins deux touches… euh… touchés.

– C'est comme si c'était fait. À plus.

Il s'éloigna d'un pas nonchalant, avec la certitude d'être le roi du lycée. Je vous le dis, il était totalement à croquer, beau comme un dieu et, de surcroît, quart-arrière vedette de l'équipe de foot ! Par le temps que je redescende de mes nuages et que j'arrête de mater son délicieux petit derrière, Kelli avait disparu. Lily avait deux doigts en l'air. Je tournai la tête et haussai un sourcil interrogateur.

– Quoi ? C'est un signe de la paix et tu te prends pour Austin Powers ?

– Non, je donne à Mike deux chances sur une de remporter le tournoi des cavaliers. Tu as ce regard qui supplie « *laisse-moi devenir ton amour* » chaque fois qu'il est dans les parages.

Je poussai des gloussements sonores.

– Tu rigoles. J'apprécie simplement toute personne qui se dresse contre Kelli. Moi y compris. Je jetai mon plat d'enchilada suprême dans la poubelle en évitant de le comparer aux tripes de ma grenouille partiellement disséquée. Pouah ! *Il faut absolument que je commence à apporter mes propres repas.*

La mère de Lily vint nous chercher à l'école pour accompagner Lily jusqu'à la station d'autobus. Assises au fond de la mini-fourgonnette, nous chuchotâmes jusqu'à chez moi.

– Jess, ça m'inquiète un peu de dormir chez les parents de John. Ils ont une chambre d'amis au rez-de-chaussée et John projette de descendre en douce dans la nuit pour… euh… passer du temps avec moi, si tu vois ce que je veux dire.

Mes yeux étaient en orbite, ou hors de leur orbite. En tout cas, ils étaient exorbités.

– Tu veux dire, passer du temps… passer du temps comme dans... passer au niveau deux ?

– Chuttt !

Lily se redressa sur son siège pour jeter un coup d'œil à sa mère. Heureusement, celle-ci était trop occupée à conduire et à parler dans son cellulaire pour nous écouter.

– Oui, comme passer au niveau deux. Pour toi qui viens de Seattle, il ne s'agit sans doute ici que d'une étape pertinente de la vie dans le domaine qui nous préoccupe, mais en ce qui me concerne, je ressens une inquiétude inexplicable quant à...

– Lily. Lily ! Allô Lily, ici la Terre ! C'est moi, Jess. Relaxe. As-tu remarqué que tu utilises des phrases à dix dollars quand tu paniques ? Je lui souris mais, à vrai dire, je devenais un peu nerveuse moi-même. Voulait-elle mon avis ? Je n'avais même pas encore atteint le niveau *un* et je ne lui en avais rien dit.

La mini-fourgonnette s'arrêta devant ma maison. *Bon sang, où sont les embouteillages quand vous avez besoin d'eux ?* Je détachai ma ceinture de sécurité et serrai Lily très fort.

– D'après ce que tu m'as dit, John est un super bon gars. Tu te fais des soucis pour rien. Allez, tu dois suivre ton instinct. D'accord ? Elle me serra à son tour.

– Merci, Jess. Je t'appelle ou je t'envoie un courriel dès que je peux. Je veux que tu me parles de Seth et de Mike et des sorties d'essai. Bonne chance !

Debout sur le trottoir, je fis un signe de la main à Lily, tandis que la mini-fourgonnette s'éloignait, en me demandant depuis quand j'étais la voix de la sagesse. La voix de la conscience hurla dans ma tête : « *Qu'est-ce que tu en sais, Amélia ?* »

Hein ? Amélia ? (Hum, normalement, la voix de la conscience ne se trompait pas de nom.) Holà ! Le cri venait de la maison. Je courus dans l'allée et sautai par-dessus les marches du perron. Lorsque j'ouvris la porte, la pièce était pleine de superhéros qui se tournèrent aussitôt vers moi, tous étonnés. Nom d'un chat ! Je n'avais pas revu tous ces gens depuis les funérailles de papa. Pourquoi étaient-ils... *oh non !*

– Maman ? Maman ! Où est ma mère ? Je criais, mais personne ne me répondit.

– Jess ? Chérie, je suis là. Qu'y a-t-il ?

Maman se fraya un chemin entre deux types – un hercule et un as de la lévitation, si ma mémoire est bonne. J'avais toutes les peines du monde à réfréner mon envie de me blottir comme un bébé dans ses bras. Mais j'avais quinze ans et je ne devais pas m'effondrer à tout bout de champ.

– Maman, je croyais que... ces gens... depuis que papa est mort, et tu n'étais pas là... et j'avais peur que... rien. Rien.

Une mère devait sans doute respecter un quota de câlins à donner, ou quelque chose du genre, parce que maman s'élança vers moi et m'en donna un gros.

– Oh, chérie. Je suis si désolée. J'aurais dû me douter que tu serais inquiète. Je vais appeler Flaque et lui demander de garder Chloé pour la nuit. Je ne veux pas qu'elle ait les mêmes inquiétudes que toi. Et j'ai l'impression qu'on en a encore pour un bout de temps. Jess, pourquoi n'irais-tu pas faire tes devoirs dans la cuisine ?

Elle prit ma main et me tira à travers la foule de gens qui me dévisageaient comme si j'étais la vedette du zoo. Je pouvais les entendre murmurer.

– C'est sûrement elle...

– ... entendu dire qu'elle a quatre pouvoirs jusqu'à maintenant...

– ... cire d'oreille ?

– ... la superforce s'est manifestée... père...

– Explosion... ne veut pas aller à Belmont...

Finalement, je craquai.

– Je suis ici. Si vous voulez me demander quelque chose, faites-le, mais ne parlez pas de moi dans ma propre maison. Avoir des superpouvoirs ne vous donne pas le droit d'être super grossiers.

Plusieurs personnes avaient le souffle coupé (horreur ! une ado qui dit ce qu'elle pense !), mais maman me sourit. Ensuite, É parla.

– Bien dit, Jessica. Qui aurait dit que les notables qui siègent au conseil s'abaissaient aux ragots et aux commérages ?

L'abruti de Drake se leva de l'endroit où il était caché, près du fauteuil de papa. (Je détestais l'idée de le voir assis là. N'importe qui d'autre – sauf Kelli – mais surtout pas Drake.)

– Jessie, je n'ai pas eu le plaisir de lire votre blogue la nuit dernière. Vos... aventures... égaient toujours mes journées.

Drake me fit son sourire oh-si-bienveillant. *Ne vous gênez pas, jetez donc une autre cacahuète au singe du zoo*.

– Je ne peux pas croire que vous n'ayez rien de plus intéressant à faire, étant le chef du conseil et tout le reste, que de lire ce qui n'est au fond que le journal d'une fille de quinze ans. Vous avez plein de pervers dans la Ligue, hein ? Cette fois, les cris d'indignation venaient de partout, y compris de maman. Drake se contenta de me sourire de nouveau, alors que maman faillit m'arracher le bras en me tirant vers la cuisine.

– Jessie, faut-il que je te rappelle encore une fois de filtrer ton langage ? Pour l'amour du ciel, essaie de te mettre dans la tête que le conseil a de l'influence sur ton avenir. Elle serra ses mains contre ses hanches. Parfois, je ne sais même plus qui tu es.

Je jetai brutalement mon sac à dos sur une chaise et attrapai une pomme.

– Vas te joindre à la foule, maman, marmonnai-je. Qu'est-ce qui se passe là-bas, de toute façon ?

D'un signe de la main, elle m'ordonna de me taire tandis qu'elle composait le numéro des Simpson. Elle demanda à Tiernan de garder Chloé pour la nuit.

– Merci, Tiernan. J'irai chercher les deux filles demain, vers midi, et je les garderai avec moi tout l'après-midi.

Elle raccrocha et se tourna vers moi.

– Il y a une urgence et ils ont besoin de grand-mère. Elle utilise sa superouïe pour repérer les avions qui pourraient constituer une menace terroriste. Puis, il y a ces bruits de plus en plus présents sur la radio, je crois. Ta grand-mère va devoir retourner chez elle pour un bout de temps. Il peut se passer un long moment avant qu'elle revienne ici.

Maman m'étudia pendant un instant.

– Ils ne sont pas tous venus pour ta grand-mère, Jess. Ils veulent te voir. Tu es assez célèbre maintenant.

– Fantastique. Je ne suis plus un simple monstre chez les Normaux, je suis aussi un monstre parmi les monstres. Et ce n'est pas comme si nous étions une priorité pour É, hein ? Pourquoi ce serait différent maintenant ? J'attrapai mon sac à dos et montai en courant dans ma chambre. Après tout, j'avais une sortie ce soir et je devais me préparer. Je n'avais pas besoin de savoir où stupide É était partie. *Je savais que je ne devais pas compter sur qui que ce soit. On vous laisse toujours tomber.*

Je fermai ma porte à clé et refusai de sortir jusqu'à l'arrivée de Seth, malgré toutes les supplications et les jérémiades. Bon, d'accord, il n'y eut ni supplication ni jérémiade à proprement parler, mais É tenta effectivement de me dire au revoir et de me donner des explications. Juste après, maman cogna à ma porte et m'ordonna de « descendre dire au revoir immédiatement, jeune fille ! », mais je répondis non très poliment. J'étais assise sur mon lit, le regard dans le vide, et prétendais – y compris à moi-même – que j'avais une poussière dans chaque œil.

Après un long moment de boucan, puis un long moment de silence, je regardai l'heure. Oh misère ! Je devais me préparer pour une sortie qui ne me disait absolument rien, surtout une sortie aussi cruciale qu'une sortie d'essai pour le Mini-Bal, mais je ne voulais pas non plus rester à la maison. Je me traînai jusqu'à la penderie et passai en revue ma garde-robe lamentablement inadéquate. Les vêtements de Seattle n'ont pas aussi fière allure en Floride. Je trouvai une jupe noire courte qui allongeait même *mes* jambes et je la portai avec mes nouvelles sandales en cuir rose avec une bride incrustée de fausses pierres. Je dois admettre que des talons de cinq centimètres me faisaient paraître beaucoup plus mince. Après avoir fixé mon choix sur un t-shirt WONDER WOMAN ROCKS rose avec des paillettes, je me trouvai plutôt bien.

Un peu de fard à joues en crème rose papaye avec le brillant à lèvres assorti, beaucoup de mascara noir pour allonger les cils et une touche d'ombre à paupières argent éclatant, et j'étais prête à tout pour ma sortie d'essai numéro un. Bon, peut-être pas à *tout*, me dis-je en repensant à ma conversation avec Lily. Mais Seth ne semblait pas être le genre de gars à essayer de passer au niveau deux dès le premier rencard. Je doutais qu'il sache même ce qu'était le niveau un. Il était probablement trop occupé à parfaire ses techniques d'écriture au tableau pour penser à autre chose.

Je soupirai et jetai un dernier coup d'œil sur mon reflet dans le miroir. Pour une fois, mes cheveux avaient décidé de coopérer et me donnaient un air de sauvage et de gitane plutôt qu'un air de clocharde. Rien ne vaut un peu de gel contrôle maximal.

On sonna à la porte et mon cœur se mit à battre à tout rompre. Dommage qu'il n'existe pas de gel contrôle maximal pour les nerfs avant un rendez-vous.

Après toutes les mises en garde d'usage – conduire prudemment, ne pas rentrer trop tard – Seth et moi nous évadâmes finalement de l'antre de ma mère.

– Désolée. Je ne sortais pas souvent à Seattle et elle panique tout le temps. Je pensais qu'elle allait prendre tes empreintes. Je ne plaisantais pas; papa avait fabriqué un scanneur. Seth se mit à rire.

– Pas de problème. J'aime ta mère. Elle a l'air sympa. Ma mère est tellement sérieuse. Elle est avocate spécialisée en contrefaçon de marque de commerce, tu parles d'un travail fascinant, alors elle nous fait toujours dire des choses comme « pourrais-je avoir un mouchoir en papier de marque Kleenex » lorsque nous voulons nous moucher le nez. Et puis, elle me fait aussi la peau au Scrabble.

Je souris.

– Au moins, elle joue au Scrabble avec toi. Nous avons dû interdire à ma mère de jouer parce qu'elle triche.

Seth m'ouvrit la portière de la voiture. (Était-ce normal ? Étais-je tombée à travers une faille spatio-temporelle ?) Je ne détestais pas le regarder dans ses 505, dans cette posture. Il était vraiment à croquer.

– Comment peux-tu tricher au Scrabble ? Elle écrit les mots sur ses bras ou quoi ?

Holà ! *Difficile d'expliquer qu'elle faisait léviter les carrés pour voir nos lettres.*

– Je pourrais peut-être regarder à travers les carrés. Oups... Je parlais tout haut. Heureusement, Seth venait de refermer ma portière. Je devais faire attention, sinon tout le monde à Skyville serait bientôt au courant de mes superpouvoirs. Ensuite, je me retrouverai sous haute surveillance à Belmont, et qui sait ce qu'ils feraient à Seth. Ma bouche était sèche et j'avais un peu de mal à respirer.

– Tu pourrais peut-être faire quoi ? demanda Seth, tout en se glissant derrière le volant et en mettant sa ceinture.

– Euh... te battre au Scrabble. Je pris une inspiration pour me calmer et m'efforçai de sourire. (Si tu possèdes une vision aux rayons X, autant qu'elle serve à quelque chose, non ? Nous savons déjà qu'elle ne peut pas réchauffer les mini-pizzas.) Je décidai qu'il valait mieux changer de sujet.

– Seth, quel âge as-tu ? Je veux dire, tu dois avoir au moins seize ans ou tu ne pourrais pas conduire. Tu as ton permis, n'est-ce pas ? Il se remit à rire tandis que la voiture s'éloignait du trottoir.

– Évidemment. J'ai eu seize ans à la fin du mois dernier. Et toi, tu as quel âge ?

Je soupirai.

– J'ai quinze ans jusqu'au mois prochain. Je suis toujours le bébé de la classe.

– Eh bien, tu n'es pas un bébé à mes yeux.

Je pouvais sentir mon visage s'échauffer; je jetai un coup d'œil vers lui. Rien. Rien d'intello en vue ce soir. Je pourrais probablement lui pardonner son obsession pour les maths.

Après avoir rendu visite au plus grand gant de balle molle du monde (sans blague) au terrain de la Petite ligue de Skyville, nous passâmes en voiture devant l'hôtel où, dit-on, Justin Timberlake aurait déjà séjourné. (En passant, j'ai failli avoir un autographe de Justin en personne lors d'un concert à Seattle. Le petit ami de la sœur de ma meilleure amie nous avait eu des entrées dans les coulisses, mais chaque fois que j'approchais à moins d'un mètre cinquante de Justin, ma langue se figeait et ma bouche émettait des drôles de couinements; je n'ai donc pas eu d'autographe, mais quand même.) Nous roulâmes jusqu'au Manatee State Park sur les rives de la rivière Saint-John. Je soupçonnais cet endroit d'être un lieu de rencards, et je n'étais tellement pas d'humeur à flirter que je me mis à paniquer. Mais Seth sortit de la voiture et fit le tour jusqu'à ma portière.

– Viens, Jess. Il faut absolument que tu voies ce paysage. Il est époustouflant. Les gens font du canot et du ski nautique tout l'été.

En escaladant la colline (d'accord, c'était plutôt une butte – on était en Floride), je m'aperçus que mes poumons se remplissaient à fond lorsque je respirais. Comme j'avais souffert d'une hyperventilation étrange toute la semaine, c'était un bon signe.

– Seth ?
Il était à un pas devant moi et s'arrêta.

– Oui ?

– Euh... merci. Merci pour ça et pour m'avoir tirée d'affaire aujourd'hui, avec M. Platt. Et désolée de t'avoir engueulé. Il me sourit – un sourire lent et entier qui fit fondre mes entrailles et picoter ma tête. Puis, il prit ma main.

– Jess ?

– Oui ?

– Cela me fait plaisir.

Nous nous regardâmes en souriant bêtement, comme dans les films hollywoodiens. J'étais sûre qu'il allait m'embrasser. Cela aurait été absolument parfait (désolée, Orli). Il me semblait même qu'il se penchait vers moi. Mais un cri strident s'éleva.

– Jimmy Bob, arrête de tirer les cheveux de ta sœur *immédiatement* ! Ne m'oblige pas à te donner une fessée, jeune homme !

– C'est ellle qui a commencé, m'man.

– Je me fiche de qui a commencé; mais je sais comment ça va finir.

Seth lâcha ma main (dommage) et nous fîmes un bond de côté pour laisser passer un troupeau de mômes puants et leur mère rouge de colère qui piétinèrent sur leur passage un tas de serviettes et d'accessoires de plage. L'un des plus jeunes enfants sentait comme si l'apprentissage de la propreté était un concept inconnu. Croyez-moi, je n'aurai pas d'enfants avant d'être une écrivaine riche et célèbre et d'être capable de me payer les services de trois bonnes d'enfants. Une pour la journée, une pour la nuit et une pour les week-ends et les vacances. Le dernier gamin laissa derrière lui une odeur de crème solaire et de jus de raisin. Seth et moi nous sommes regardés, puis nous avons éclaté de rire.

– Dis donc, on peut dire que tu sais trouver les attractions. Je riais tellement fort que je me pliai en deux en suffoquant.

– Attends. Tu n'as pas encore vu la fabrique de cornichons de Skyville. Pas mal pour un Normal, hein ?

Selon *Seventeen*, le sens de l'humour est absolument essentiel chez un petit ami potentiel. Je pensais justement que Seth avait beaucoup de potentiel. Des tonnes. Bien sûr, c'était au début de la sortie, avant que tout explose à ma figure. *Attendez une minute ! Il a bien dit « pour un Normal » ?*

CHAPITRE 13

FAUTE PERSONNELLE

Nous passâmes quelques heures extraordinaires, à parler et à rire. J'étais complètement à l'aise avec Seth. Mais un petit frisson d'excitation me parcourait l'échine à chaque fois qu'il touchait ma main ou mon bras par accident volontaire. Toutefois, il n'essaya pas de m'embrasser de nouveau depuis l'attaque familiale sur la plage. Je ne savais pas si je devais être déçue ou soulagée. Mon premier baiser était une affaire de première importance puisque j'étais dangereusement vieille maintenant. Voulais-je vraiment que les lèvres de Seth soient les premières à se poser sur les miennes ? Je veux dire, il avait de super belles lèvres, mais Mike aussi. (Note à moi-même : Arrête de dévorer du regard la bouche de Seth avant qu'il ne pense que t'es barjo.)

J'étais incapable de trouver une façon de demander à Seth s'il avait effectivement dit « pour un Normal » tout à l'heure, dans le parc. Était-il au courant de l'existence des superhéros ? Savait-il que j'en étais une ? Je revis mentalement Seth enchaîné dans une salle d'interrogatoire, tandis qu'un type lui dit sur un ton menaçant : « On va te faire cracher la vérité sur Jessica Drummond. » Finalement, nous nous retrouvâmes au stade. Même si Seth savait que Mike m'avait aussi invitée au Mini-Bal et qu'il serait gênant de tomber sur lui ce soir, il ne suggéra pas de ne pas y aller.

Comme notre équipe était supposée être tellement meilleure que l'autre équipe, la vraie question était de savoir combien de joueurs allaient être frappés par un coup de chaleur. Lorsque le match débuta à vingt et une heures, il faisait encore un écrasant trente-trois degrés Celcius – et au moins quarante-trois degrés à l'intérieur des uniformes. Je ne connaissais presque rien du football, à part qu'il y a des touchés et des bottés et une règle bizarre de chandelle intérieure sur laquelle les gars ne sont jamais d'accord. Je demandai donc à Seth de tout m'expliquer. (Cela donne aux gars l'impression d'être importants; ils *adorent* expliquer les règles de sports – vraiment étrange.) Puis, je l'ignorai totalement et cherchai Mike du regard.

Je remarquai que Seth avait cessé de parler; je me tournai vers lui.

– C'est tout ? Et la règle de la chandelle intérieure ? Il sourit légèrement, puis pointa son doigt vers le terrain.

– Mike est celui qui est en arrière, prêt à lancer le ballon. Numéro sept, si c'est ça que tu cherches.

– Oui, je l'ai vu... je veux dire… non… je ne cherchais pas Mike. J'essaie seulement de comprendre ce qui se passe. Je sentais la culpabilité me tordre les boyaux et je n'étais pas particulièrement fière de moi, surtout après le quasi-baiser du parc.

– Seth, je...

– Ça va. Je vais chercher du pop-corn et des Coke.

– Euh… d'accord. Tu veux que j'aille avec toi ? J'attrapai mon sac à main. (Un flamant rose à paillettes sur une imitation Kate Spade.) Il secoua la tête.

– Non, ça va aller. Je reviens tout de suite.

– Bon d'accord. Un Coke diète pour moi, s'il te plaît. Je le regardai s'éloigner et tout mon corps s'effondra un peu. L'idée d'une sortie d'essai semblait fameuse à l'époque, mais Avielle devait être vraiment meilleure que moi pour mettre de côté ses émotions car, aujourd'hui, la pensée de faire du mal à Seth (ou à Mike) me rendait malade.

Je posai mon regard de nouveau sur le terrain. Quelque chose se passait près de l'arbitre, mais je ne savais pas quoi. C'était la première fois que j'assistais en personne à un match de football. À mon ancienne école, tous les matchs s'étaient déroulés sous la pluie (bienvenue à Seattle) et il était hors de question que je m'assoie dehors, sous une averse glaciale, pour regarder une bande de gars se vautrer dans la boue. Je ne comprenais toujours pas ce qui se passait, mais l'énorme bonhomme devant moi semblait tout excité par la chose. Il n'arrêtait pas de hurler « dééééfense ! » et « écrase ces minables ! » et tout un tas d'insultes pleines de testostérone.

Chaque fois qu'il se levait, son pop-corn s'éjectait du sac, ce qui fait qu'au retour de Seth, j'étais en quelque sorte aromatisée au beurre.

– Et voilà. Coke diète et grand pop-corn au beurre.

Je secouai la tête pour faire tomber le pop-corn de mes cheveux.

– Merci, mais j'ai eu ma dose de beurre, je crois. Seth me regarda, puis regarda Monsieur Fan devant nous.

– Je vois. Viens, changeons de place.

Je me levai et le suivis. Il descendit jusqu'en bas des gradins, puis marcha un peu le long du terrain, passa devant les meneuses de claque, puis remonta vers une autre rangée. Il passa devant les meneuses de claque. *Merde !* Je n'étais définitivement pas d'humeur à confronter Kelli et son équipe d'écervelées. Je me demandai si Seth remarquerait mon absence si j'allais me cacher dans la voiture jusqu'à la fin du match. Je réalisai alors que j'étais en train de laisser une *meneuse de claque* m'intimider. J'allais laisser une fille armée de pompons ruiner mon existence ? Ou même ma soirée ? Sûrement pas dans cette vie ! Je redressai mes épaules et marchai d'un pas décidé devant l'escouade de la mort... euh... l'escouade de meneuses de claque. Je pensais être passée inaperçue et laissai filer l'air que je retenais sans même m'en rendre compte, lorsque la voix de la destruction écorcha mes oreilles.

– Oh, Jessie. Quel plaisir de te voir ici. Je vois que tu n'es pas encore complètement sortie de ta phase rose. Aimerais-tu jouer avec ma collection de poupées Barbie ? Elle doit être rangée quelque part dans mon grenier.

Génial. Elle était en mode vache, carburant à l'endorphine à plein tube. *L'ignorer ou se défendre ?* Je me retournai pour lui faire face.

– Kelli, écrase un peu. Ton cirque n'impressionne plus personne. Crois-tu vraiment qu'être Miss Vache t'aidera à remporter le titre de Reine du bal ? Kelli plissa les yeux et se moqua de moi.

– Mike ne t'a invitée que par pitié, et – à part le côté physique – le petit génie qui t'accompagne est un taré de première classe. Qui crois-tu impressionner avec tes airs de fille de la grande ville ?

– Si Mike devait inviter quelqu'un par pitié, je suis sûre qu'il aurait pensé à toi, Kelli. Tu sais, montrer ta culotte à toute la cafétéria est l'acte le plus désespéré que j'aie jamais vu. Vraiment pathétique. Je me tournai pour partir, fière et déterminée à avoir le dernier mot. Kelli était déchaînée. Elle me tira brutalement et je crus qu'elle allait me cracher au visage.

– Comment oses-tu ? Toi... toi... et tes horribles cheveux !

Elle regarda frénétiquement autour d'elle, à la recherche sans doute d'une hache et trouva quelque chose de bien pire. Du Gatorade bleu. Je ne pus parer le coup. Elle attrapa un broc de Gatorade sur la table des meneuses de claque et me balança le contenu au visage. *Splatch !* Un litre de Gatorade bleu vif dégoulina de ma tête jusqu'à mes ongles d'orteils vernis rose pétale. Je regardai mon corps et piquai une crise – j'étais trempée et collante et...

– Je suis toute poisseuse, espèce de sorcière ! Quelque chose dans ma tête disjoncta. *J'empoignai Kelli par la gorge et la lançai vers le terrain de football. Elle atterrit tête première sur la ligne des cinquante verges si brutalement qu'elle était enterrée jusqu'au cou dans le gazon artificiel.* Non ! *Je donnai un coup de poing si puissant au visage de Kelli qu'il brisa son nez refait. Et du sang gicla partout sur son petit costume de meneuse de claque tout mignon.*

En l'espace de deux secondes, ces deux scénarios avaient traversé les cellules de mon cerveau furieux. Mais j'entendais la voix de É dans mon esprit qui répétait : « *Contrôle, Jess. Contrôle est ton mot d'ordre.* » *Alors, je pris une profonde inspiration, serrai les dents et m'éloignai d'elle dignement.* Non, pas vraiment ça non plus. Je veux dire, il y a des limites au contrôle. En fait, je fis la chose la moins originale qui soit, bien sûr. J'attrapai un broc de liquide bleu toxique et le vidai sur ses cheveux teints auburn, puis je souris à pleines dents et reposai brutalement le broc sur la table. Kelli me regarda, en état de choc.

J'avais reposé le broc un peu trop fort. Toute la table s'écroula et du Gatorade revola partout, aspergeant toute la première rangée de spectateurs – ils n'avaient pas l'air très contents.

Kelli se mit à hurler.

– Espèce de sorcière !

– Qui traites-tu de sorcière, espèce de... de... monstre !

– Tu as bousillé mon uniforme ! Aaaghhh !

Elle passa à l'attaque, criant et cognant et essayant de tirer mes cheveux. (Que pouvais-je faire ? Je devais me défendre.) Je la repoussai, mais pas aussi facilement que vous pourriez le croire compte tenu de ma superforce et tout. Elle était réellement hors d'elle. Je me répétais sans cesse : « Ne lui fais pas mal, ne lui fais pas mal, même si elle le mérite... » Évidemment, un crêpage de chignon au milieu d'un match de football ne pouvait passer inaperçu. Des millions de personnes se jetèrent sur nous pour tenter de nous séparer. Seth était parmi elles et il n'arrêtait pas de poser son regard sur moi, puis sur la table en mille morceaux, puis de nouveau sur moi. Son expression faciale hurlait « ma copine est un monstre ». Et je ne l'en blâmais pas.

On nous sépara, Kelli et moi. Nous continuâmes à nous cracher des insultes alors que des flaques bleues se formaient autour de nous. Puis, Mike apparut, tout souriant.

– Pas mal, Rouquine. Mais il faut travailler ton attaque. Viens donc à nos séances de stratégie.

Il rit, puis se dirigea vers les vestiaires avec le reste de l'équipe. Ou bien c'était la mi-temps, ou bien c'était un temps mort accordé à cause de nous. Je fis un tour d'horizon du regard. Tout le stade nous dévisageait. *Bonne façon de passer inaperçue, Jess*... On nous jeta toutes les deux hors du stade, avec la consigne de nous présenter au bureau de Mme True lundi matin. Seth sortit une vieille couverture du coffre de la voiture et l'étendit sans dire un mot sur le siège du passager. Je n'avais pas grand-chose à dire moi non plus.

Lorsque nous arrivâmes chez moi, après vingt minutes de zéro conversation ponctuées du bruit de Gatorade dégouttant de mes cheveux, mes chances d'un premier baiser s'étaient envolées. Je pataugeai jusqu'à la maison, passai comme une flèche devant maman et montai dans ma chambre.

– Ne dis rien, maman. Surtout, ne dis rien.

www.SuperJessie@Ligueblogue.com

Vous serez contents d'apprendre que je n'ai *pas* envoyé cette *plaie* pour l'humanité valser à travers le terrain de football, ce qui prouve que j'ai du contrôle. Je n'ai pas zieuté les sous-vêtements des gens, ni écouté leurs conversations.

J'en ai marre de cette affaire de blogue. Comme si j'étais un danger pour quelqu'un. Laissez-moi tranquille. Vous avez pris mon père et, maintenant, vous avez É. Ça ne vous suffit pas ? Fichez-moi donc la paix. Et puis je vous les donne, ces super-pouvoirs. Je n'en veux pas. Je veux être une simple Normale.

(Tout ce qu'on dit sur le match ou le Gatorade est une rumeur vicieuse qui doit être ignorée.)

Naturellement, étant une mère comme il faut, maman ne pouvait ignorer l'énorme bleuet qui était rentré à la place de sa fille. J'étais sur le point d'éteindre la lumière et de mettre fin à une journée d'horreur lorsqu'elle cogna à ma porte et entra.

– Quoi ? Maman, j'ai sommeil et je n'ai vraiment pas envie de parler.

– Est-ce que ça va, Jess ? Que s'est-il passé ? Comment c'était avec Seth ?

Elle s'assit au bord de mon lit, ce qu'elle n'avait pas fait depuis très, très longtemps.

– Oui, rien et bien. Je suis vraiment fatiguée, maman. Je mis l'oreiller sur ma tête.

Elle enleva l'oreiller.

– Bien… Donc le look bleu poisseux est à la mode de nos jours ?

Je roulai des yeux.

– J'ai reçu un peu de Gatorade sur moi, maman. Y a pas de quoi en faire un plat. Je te raconterai demain.

Sûrement pas. *Sauf si la nouvelle apparaît à la une du journal de Skyville*. Je remis l'oreiller sur ma tête. Cette fois, elle n'y toucha pas.

– D'accord, Jess. Mais n'oublie pas, si tu as besoin de parler, je suis là. Je sais que je n'ai pas été très présente depuis la mort de ton père, mais je le suis maintenant.

Elle se leva et j'entendis un clic lorsqu'elle ferma ma lampe, puis le bruit de ses pas quand elle marcha vers la porte.

– Bonne nuit, Jessie.

Je ne répondis rien. J'en étais incapable. Je savais qu'au premier mot prononcé, j'allais fondre en larmes. Et puis, je n'étais pas certaine qu'elle s'en faisait réellement pour moi. Ses questions bienveillantes entraient-elles dans le cadre de l'exercice de la semaine prescrit par sa psychothérapeute ? Pas question de m'apitoyer sur ça ou sur le fait que je suis complètement nulle et incapable de me maîtriser suffisamment pour éviter une attaque de Gatorade.

Pas question de pleurer à cause de mon manque de sang-froid et de mon incapacité à contrôler mes superpouvoirs qui m'emmèneront tout droit dans une cellule du donjon de la Ligue. Pas question de pleurer pour avoir tout fichu en l'air avec Seth. Pas question de pleurer. Du moins, tant qu'il y avait de la lumière.

CHAPITRE 14

ALGÈBRE POUR LES NULS

L'odeur des crêpes me réveilla. J'ouvris mes yeux et vis le soleil entrer à flots dans ma chambre. Mon visage me semblait un peu bizarre, alors je sortis du lit et me rendis en chancelant jusqu'à la salle de bain. L'image que me renvoya le miroir me terrorisa. Les larmes que j'avais retenues pendant une demi-heure la nuit passée avaient fini par rendre mon visage tout barbouillé et bouffi. C'était désastreux. Mon nez avait environ six fois sa taille normale et mes yeux étaient rouges et presque fermés tant ils étaient boursouflés. Formidable. Comment diable allais-je retrouver une tête normale d'ici cet après-midi ? J'avais un cours particulier avec Seth dans environ... sept heures. Après la nuit dernière, je doutais qu'il veuille me revoir de sitôt. Cependant, sa promesse envers M. Platt le forcerait peut-être à venir quand même. Il ne fallait surtout pas qu'il pense que j'avais pleuré à cause de lui. Et quoi encore !

Je regardai la pendule pour la énième fois en douze minutes. Il ne viendra pas. Un génie en math comme Seth ne pouvait pas ne pas savoir lire l'heure. Nous avions convenu de débuter le cours d'algèbre intensif à quatre heures et il était quatre heures douze, treize maintenant. Mon petit numéro de la mi-temps de la dernière soirée l'avait sans doute traumatisé au point qu'il ne veuille plus me revoir. (Qui pourrait l'en blâmer ?)

Je m'écartai de la fenêtre de ma chambre et me jetai tête première sur mon lit. Mike allait sans doute me poser un lapin ce soir, lui aussi. J'étais tombée de *deux* cavaliers potentiels à *zéro* en l'espace d'un battement de cœur aromatisé au Gatorade bleu.

Je sentis un vide brûlant dans mon estomac, ce qui normalement annonçait la venue des larmes. *Ça suffit. Je pars à Belmont.*

– Jessiiiiie ! Ton *ami* est là !

Une cascade de ricanements flotta dans l'escalier. Seth ? Était-ce possible ? Non. Ce devait être Mike, venu me dire que nous ne sortirons pas ensemble dans cette vie. J'enfouis de nouveau ma tête dans mes bras, et mon coude sonna. *Hein ?* Je regardai mon coude. Un nouveau superpouvoir bizarroïde ? Un coude électrique ? Il sonna une nouvelle fois et je me redressai un peu. Ah, d'accord. C'était la petite boîte noire que É m'avait laissée hier. La boîte sonna une troisième fois puis commença à se déplier toute seule.

Je fis un bond en arrière au cas où ce serait un radeau de sauvetage ou quelque chose du genre – avec É, je m'attendais à tout – mais tout étirée, la boîte ne mesurait guère plus de sept centimètres et demi de long.

– Jessica ? Es-tu là ? Le système enregistre ta présence à proximité, alors arrête de faire la moue et réponds-moi.

La voix de É était toujours autoritaire, même minuscule et métallique. Je m'approchai de la boîte et parlai haut et fort sur ce qui semblait être le dessus de l'appareil.

– Je suis là, É.

– Aïe ! Ne crie pas dans mes oreilles, Jess. Tu peux parler normalement à quatre mètres et demi et je t'entendrai parfaitement. Le transmetteur est réglé sur la fréquence de ta voix. Que se passe-t-il ? As-tu fini ta petite crise ?

La porte s'ouvrit et maman jeta un coup d'œil.

– Jess, Seth est ici pour le cours d'algèbre. Il est désolé d'être en retard, mais il a eu une crevaison. Descends avant que Chloé ne lui casse les oreilles. Elle lui a déjà dit qu'elle voulait être la demoiselle d'honneur à votre mariage, si ça peut t'inciter à te dépêcher.

Je poussai un soupir et couvris mon visage.

– Maman, enlève-la de là. Je descends tout de suite. É se fit entendre.

– Qui est Seth ? Que se passe-t-il ?

Maman s'avança un peu.

– Oh, bonjour maman. Je n'avais pas réalisé que vous étiez en train de parler toutes les deux. Je vais envoyer les filles jouer dehors avec l'arroseur et offrir à Seth des biscuits au tofu que j'ai mis à cuire dans le four.

Sur ce, elle sortit et ferma la porte. *Oh non !*

– Maman ! Ne l'empoisonne pas ! Des biscuits au *tofu* ? C'est tellement mauvais. É, il faut que j'y aille. Pas le temps de papoter. Important cours d'algèbre.

– Il n'y a pas de « *faut que j'y aille* » qui tienne. Nous devons parler d'hier. Et je connais l'importance des cours particuliers. Tu sais, j'ai fini par épouser ton grand-père après avoir étudié la chimie en privé avec lui.

Ouais, ouais, ouais. Grand-mère, reine de la surenchère.

– É, tu es tellement vieux jeux. Qui parle de mariage ? Je vais me contenter de faire la chose avec lui et porter le fruit de son amour. Salut. Je sortis en courant de la chambre et, derrière moi, le petit transmetteur noir hurla si fort qu'il faillit tomber du lit. *Ha ! Pour une fois, Jessie avait eu le dernier mot.* Je dévalai les marches en gardant l'œil ouvert au cas où il pleuvrait du Gatorade.

À cinq heures, j'avais accumulé vingt-quatre minutes d'algèbre, soit environ vingt-trois minutes de plus que ce que toute personne devrait avoir à endurer un samedi. Seth était déterminé à éviter les échanges de banalités. Il plongea totalement dans le vif du sujet après m'avoir offert un livre qu'il s'était donné la peine d'envelopper, intitulé *L'algèbre pour les nuls*. Un cadeau qui en disait long.

Malgré toute l'aide précieuse de Seth et de *L'algèbre pour les nuls*, le besoin de parler de la soirée d'hier et la honte qui me consumait m'empêchaient d'apprendre quoi que ce soit. Dépitée, je jetai mon crayon sur la table de cuisine et fermai bruyamment le livre.

– C'est assez. Seth sembla surpris.

– Qu'est-ce qu'il y a ?

– C'est tout l'algèbre que je peux faire jusqu'à ce que nous parlions d'hier soir.

– Tu n'as pas fait grand-chose jusqu'à maintenant, me fit-il remarquer de sa voix oh-si-raisonnable (et oh-si-jolie, aussi).

– Parfait. Alors, je ne commencerai rien sauf si nous parlons. Et qu'en dira ton idole, M. Platt ?

– Parfait.

Il déposa son crayon, appuya son dos contre le dossier de sa chaise et croisa ses bras sur son ventre. (Je ne pus m'empêcher de constater qu'il était terriblement attirant lorsqu'il prenait son air sérieux.)

– Alors, parle.

Sauf que maintenant, je ne trouvais plus les mots justes.

– Euh… bon… concernant hier soir. Hé bien, j'ai eu vraiment beaucoup de plaisir… euh… je veux dire… jusqu'à...

– Jusqu'à ce que tu commences à m'ignorer et à regarder Mike, déclenches une bagarre avec Kelli, détruises une table et prennes une douche au Gatorade ? Ouais, je me suis bien marré moi aussi.

– Je n'ai pas déclenché cette bagarre ! C'est elle. Et elle t'a traité de taré de première classe !

Elle avait aussi dit certaines choses à mon égard, mais je préférai les garder pour moi.

– Elle m'a traité de quoi ?

Il s'accouda à la table et semblait se retenir de sourire.

– Elle a dit que malgré ton physique absolument extraordinaire, tu étais un taré de première classe, et *personne* n'a le droit de parler ainsi du gars avec qui je suis !

Maintenant, il souriait franchement.

– Elle a dit que j'avais un physique absolument extraordinaire ?

– Non ! Enfin, elle a dit « à part le côté physique », et j'ai ajouté « absolument extraordinaire » parce que c'est vrai, ou ce serait vrai si tu n'avais pas ton air suffisant et... Aaaghhh ! Je ne sais même pas pourquoi je t'ai défendu au départ. Elle a bousillé un ensemble que j'adorais – je doute que le Gatorade bleu parte de mes paillettes roses. Je reculai ma chaise et me dirigeai vers la fenêtre pour voir les filles jouer sous l'arroseur. Comme j'aimerais avoir de nouveau sept ans. La vie était facile alors. Je sentis une larme perler à mon œil et la chassai.

– Jessie ?

Seth était juste derrière moi et je sentis ses mains se poser sur mes épaules. Il me fit pivoter vers lui.

– Tu me défendais ?

Je hochai la tête en évitant de croiser son regard. Il posa un doigt sous mon menton pour relever ma tête.

– Je crois que c'est à peu près la chose la plus merveilleuse que quelqu'un ait jamais fait pour moi.

Ensuite, il se pencha davantage, et je sus qu'il allait m'embrasser, alors je fermai les yeux et avançai mes lèvres vers les siennes. Au moment où je sentis son souffle sur mon visage, le stupide minuteur de la cuisinière se mit à retentir ! Cochonnerie ! Seth fit un bond en arrière lorsque maman arriva en courant.

– Oh, c'est bien. Vous êtes en pause. Vous allez pouvoir goûter à mes biscuits au tofu.

Seth sembla inquiet.

– Euh… ça a l'air bon, Mme Drummond, mais je dois vraiment y aller. Ma mère nous emmène à une conférence sur les origines de la linguistique ce soir, et si je ne fais pas une sieste avant, je ne tiendrai pas jusqu'à la fin. Ce sera pour la prochaine fois.

Il me sourit et tira gentiment sur l'une de mes boucles, puis il ramassa ses affaires et partit.

– Bon sang, maman, tu fais fuir tout le monde avec tes biscuits ! Le ministère de la Sécurité nationale te connaît ?

Je soupirai et montai dans ma chambre avec mes livres. À ce rythme-là, j'aurai quatre-vingt-quinze ans et toujours pas de premier baiser. J'allais mourir toute seule, sans jamais avoir été embrassée, entourée de cinquante chats. Mais bon, je pouvais toujours utiliser ma superouïe pour écouter tous les gens qui s'embrassent dans le monde. Pfff !

CHAPITRE 15

SORTIE D'ESSAI : MIKE

À six heures, comme Mike n'avait toujours pas annulé notre rendez-vous, je décidai de me préparer. Il était hors de question que je l'appelle, au cas où il serait avec des amis dans son salon, en train de se moquer de la nouvelle ratée (moi). Manque d'estime de soi, me direz-vous ?

Mes cheveux étaient revenus à la normale. On aurait dit que je sortais d'une essoreuse. Chloé ne m'aidait pas non plus.

– Maman ! Dis à Chloé de me laisser tranquille !

Je serrai les poings en regardant ma brosse, mon fer à friser et mon gel lissant danser au plafond. Avoir une petite sœur douée pour la télékinésie, c'est parfois un vrai calvaire.

– Maman !

– Chloé ! Laisse tomber les affaires de ta sœur immédiatement !

– Oh non ! Maman, ne dis pas... Trop tard. Ma démone de sœur exécuta les ordres reçus à la lettre. *Littéralement*. Je me protégeai la tête avec mes bras quand les produits de coiffure s'abattirent sur moi. Heureusement pour la Princesse Morveuse, je n'avais pas branché mon fer à friser, je n'eus donc pas à menacer sa vie, ses entrailles ou sa collection de poupées. J'entendis des ricanements dans l'entrée. Grrr.

En regardant ma crinière de boucles incorrigibles dans le miroir, je réalisai que les menaces habituelles contre Chloé prenaient une tout autre dimension maintenant que j'étais assez forte pour les mettre à exécution. Pendant vingt minutes, je tentai de dompter le tsunami sur ma tête, puis j'abandonnai et retournai sous la douche. Bravo ! Retour à la case départ.

Après le cinquième essayage de vêtements, je trouvai un ensemble qui disait : « Regarde, je suis disponible, mais pas du genre facile. Je n'irai pas nécessairement avec toi au Mini-Bal, sauf si tu arrives à me convaincre. » (C'était beaucoup de blabla pour une minijupe en denim et un haut court en voile lavande, porté sur une camisole violette. Mais bon, s'il est vrai que les vêtements en disent long sur nous, les miens tiennent toute une conversation.)

Un dernier coup d'œil vers le miroir et je sortis de la salle de bain. Je vérifiai l'heure à la pendule de ma chambre au cas où celle de la salle de bain serait défectueuse. Une heure s'était écoulée. Impossible. Je m'étais à peine maquillée !

– Jessie ! Mike est ici.

Je descendis, en me demandant pourquoi j'avais tant le trac. C'était moins pire avec Seth. J'en conclus que Seth m'attirait moins que Mike – super frissons égalent super émotions, pas vrai ?

– Jessie ! Tu es superbe !

Mike se tenait au pied de l'escalier, à côté de maman, et ses yeux s'écarquillèrent lorsqu'il me vit. (Et il n'y avait pas de livre d'algèbre entre lui et moi.)

– Oh, ces vieilles fringues ? Je me suis dépêchée et j'ai pris les premières choses que j'ai vues. Mais merci du compliment. En descendant l'escalier, j'essayai de paraître plus grande en me haussant sur la pointe de mes sandales. Évidemment, je me tordis un peu la cheville et Mike me rattrapa juste avant que j'aille m'écraser le nez contre le plancher.

– Dis, ça va ?

Il m'aida à reprendre mon équilibre, en me tenant les bras, et les petits frissons s'amplifièrent. Je plongeai mon regard dans ses yeux bleus.

– Je vais bien, maintenant. Puis, la voix moqueuse et aiguë de Chloé vint briser le charme.

– Oooh ! Mike, tu es si mignon. Mouah ! mouah ! mouah !

Les bruits de bisous de Chloé firent monter ma pression sanguine à un million sur l'échelle des organes prêts à éclater. Pour une raison étrange, maman se contenta de sourire et ne fit rien de mère poule. J'attrapai mon sac d'une main et le bras de Mike de l'autre.

– Bon, bye, maman. À plus tard. Ne te gêne pas pour forcer Chloé à avaler ton ragoût de tofu aux choux de Bruxelles. Bye. En tirant Mike vers la porte d'entrée, j'aurais juré avoir entendu maman ricaner aussi. La traîtresse !

– Désolée. Ma sœur est dans sa phase de petite peste depuis deux ans. Une fois dehors, je continuai à marcher d'un bon pas. Ma superouïe avait le don de se déclencher aux moments les plus inopportuns et je ne voulais plus entendre les ricanements.

– Pas de problème. J'ai deux petits frères et ils sont *encore* pires. L'année dernière, juste avant le match de la fête de l'école, ils ont attaché une grenouille à la ceinture de mon smoking. Donc, lorsque j'ai voulu me changer après le match, toutes mes affaires sentaient la pisse de grenouille et j'ai dû emprunter le vieux smoking de mon père. As-tu idée de quoi j'avais l'air en bleu layette ?

Il sourit et s'arrêta à côté de la voiture la plus laide que j'aie jamais vue. C'était un mélange de break avec des panneaux de faux bois et un corbillard. De plus, une portière arrière était retenue par du ruban adhésif.

– Hum… c'est... euh... une voiture intéressante. Je n'allais quand même pas insulter une auto, même si elle était bonne pour la casse. Je m'approchai de la portière.

– Jess ? Ce n'est pas ma voiture. La mienne est juste derrière, dit Mike en me souriant. Et je faillis tomber encore une fois du haut de mes sandales. Ce gars-là pourrait gagner sa vie comme porte-parole d'une marque de dentifrice.

Mike tourna à gauche et fit un genre de coucou avec sa main vers la plus adorable des petites décapotables rouges. C'était une Lexus; je remarquai le L oblique. Un angle aigu, comme dirait Seth.

Attendez une minute ! Je sors avec Mike et je pense à ce que Seth dirait ? Je secouai la tête pour effacer toute pensée résiduelle liée au génie des maths. Mike sauta dans la voiture.

– Allez, monte.

Bon, d'accord. Tout le monde en Floride n'adhérait pas aux vieilles règles de la galanterie. (Dommage. Cela ne m'aurait pas déplu – c'était mignon lorsque Seth l'avait fait.)

– Jolie voiture ! Je ne suis même pas sûre d'avoir la coccinelle de ma mère lorsque j'aurai seize ans, le mois prochain.

(Remarquez la petite allusion à mon anniversaire. Je ne comprends pas comment je peux être si nulle en math, alors que je suis clairement maître en stratégie.)

– Ouais… elle est bien. C'est une voiture de vieux en crise de la cinquantaine, mais bon, mon père me l'a refilée quand ça lui a passé. Elle est super puissante.

Il démarra et me regarda de nouveau.

– Que dirais-tu d'une soirée hamburger et ciné ? *Fast and Furious III ou IV* joue au centre commercial de Skyville. Ça te tente ?

– Bien sûr. Je n'étais pas le moindrement tentée – y a-t-il une fille au monde qui aime les films avec zéro intrigue et un million de carambolages ? Mais je n'allais pas faire la difficile à notre premier rendez-vous.

Il y avait quelque chose de prometteur dans l'expression *premier* rendez-vous. Comme la promesse d'une deuxième rencontre, puis d'une troisième, d'une cinquième, d'une dixième... je m'enfonçai dans le siège de cuir en me demandant si Mike était du genre à prêter sa voiture à sa petite amie.

DE : SuperJessie@skyvillenet.com
À : Lives4Art@skyvillenet.com

Hé ! J'espère que tu vérifies tes courriels à partir de ton nid d'amour. (Sous-sol d'amour ?) J'ai fait les deux sorties d'essai en question. Seth et moi avons eu du méga bon temps, sauf pour la pluie de Gatorade, mais ne crois pas ce que disent les gens, je te raconterai la vraie histoire.

Mike m'a emmenée à la Maison du Burger, et laisse-moi te dire qu'il a un sacré appétit ! Il a pris un triple Manoir de luxe (extra fromage) avec des rondelles d'oignon, et a mangé les frites qui accompagnaient mon combo junior. En plus, il a avalé les trois quarts d'un méga sac de pop-corn pendant le film (un super, super, super navet – mais des gars extra cool au volant des voitures).

Je me disais que lorsqu'il m'embrasserait pour me dire au revoir, le pop-corn goûterait meilleur que les rondelles d'oignon. Sauf qu'il ne m'a pas embrassée ! Au moment où je pensais qu'il allait le faire, ses stupides copains sont arrivés et ont tout foutu en l'air.

Et toi. Comment vas-tu ? Est-ce que tu t'amuses bien ? J'ai hâte que tu me racontes tout et en détail. Donne-moi des nouvelles au plus vite, espèce de sans-cœur !

Bon, retour à mes sorties sans bécots. Mike et moi, on s'est vraiment bien marré. Il est tellement drôle et tellement populaire. Partout où on allait, on le félicitait pour le match. Je crois qu'il a gagné; je ne lui ai pas demandé. La plupart des gens me regardaient comme si ma tête leur disait quelque chose. Ils devaient avoir du mal à me reconnaître sans Gatorade bleu ! Nous avons rarement eu des moments en tête-à-tête, à cause des admirateurs. Pour finir, il a accepté de reconduire trois de ses copains chez eux et ils ont tous commencé à parler de foot. Il m'a alors demandé si cela ne me ferait rien qu'il me dépose en premier. Que pouvais-je dire ? « *Non, je veux que tu me raccompagnes en dernier parce que je vais te donner un méga baiser ventouse* » ? Cochonnerie !

Bisous,

Jessie

« P.-S. Puisqu'il n'y a pas eu de baisers, la meilleure partie de cette soirée a été la tête de Kelli lorsqu'elle m'a vue entrer au cinéma avec Mike. (Ricanement, ricanement.)

www.SuperJessie@Ligueblogue.com

Salut ! Et voici ma proposition : Si je ne reçois pas une réponse de vous, les super silencieux du conseil, je vais remballer toute cette affaire de blogue. Sachez que j'ai des choses plus intéressantes à faire de ma vie. De plus, si l'un de vous connaît quelque chose sur l'algèbre, montrez-vous avant que toute ma vie ne soit foutue. Avez-vous des gadgets comme ceux que Keanu a utilisés dans la *Matrice* pour apprendre le kung-fu ? Je veux dire, pour l'algèbre – mais ce serait cool de connaître le kung-fu ou le karaté ou quelque chose du genre; comme ça, la prochaine fois que Kelli me cherche, je lui rentre dedans ! Je suppose que je pourrais déjà le faire avec ma superforce. (Pas de panique, je ne le ferai jamais.) Mais pour le truc d'algèbre, ce serait *méga* utile.

Super sincèrement,

Jessie

Je fixais le plafond, les mains croisées derrière ma tête, en pensant à Lily. Est-ce que je violais les règles sacrées de l'amitié en ne disant pas toute la vérité et rien que la vérité à ma meilleure amie ? Devais-je accepter l'humiliation totale et avouer que je n'avais jamais été embrassée ?

Je me redressai sur mon lit et attrapai un crayon et un bloc de papier sur ma table de chevet. Pas question d'aller me coucher avant d'avoir pris une décision concernant le Mini-Bal – il restait moins de six jours maintenant ! Je décidai de faire une liste.

	Mike	Seth
Pour	Super mignon; vedette de foot (me fait paraître cool); serait super hot dans un smoking. (Semble être un gars qui embrasse bien, j'espère avoir la chance de le vérifier.) Drôle dans le style viril; je n'ai pas vraiment eu de fou rire, genre à me tordre les boyaux pendant 5 minutes, mais bon. Se fiche que je redouble en algèbre. Plus – méga important – si je sors avec Mike, je pourrais perdre ma réputation de super freak.	Super mignon aussi; vraiment drôle; se préoccupe suffisamment de moi pour m'aider en algèbre; serait adorable en smoking. (Idem Mike pour ce qui est d'embrasser.)
Contre	S'intéresse un peu trop à sa propre renommée. Était-il vraiment normal qu'il décide de rater le début du film pour signer des autographes ?	Génie en math; fait des choses suspectes. (Note : est-il au courant des superhéros ou pas ? Je dois savoir. Attention à la salle d'interrogatoire ! De plus, me ficheraient-ils hors de la Ligue avant même que je sache si je veux en faire partie ? Que ferait Buffy ?)

D'accord. Définitivement Mike, par une marge minime, mais significative. Je dirai à Seth que nous pourrions être des amis, en espérant qu'il veuille toujours m'aider avec l'algèbre. Mike devait être le bon choix, n'est-ce pas ? Alors pourquoi l'idée m'excitait-elle si peu ?

CHAPITRE 16

BONNES/MAUVAISES NOUVELLES

M. Platt nous colla une autre interrogation surprise. Franchement, je ne comprends pas qu'un être qui déteste aussi violemment les ados soit autorisé à influencer nos jeunes esprits, mais personne ne m'a demandé mon avis.

La journée entière se déroula dans un enchaînement banal de bonnes et de mauvaises nouvelles.

Bonne nouvelle : j'avais réussi l'interro surprise. Mauvaise nouvelle : j'étais incapable d'expliquer mes réponses. Le mantra de M. Platt était « montrez tout votre travail ». J'avais donné les résultats sans décrire étape par étape le raisonnement à la base de ma résolution des problèmes. M. Platt nous demanda, à Seth et à moi, de rester après la classe pour donner des explications. Je sentais tellement de pression qu'il m'était impossible de me concentrer. J'expliquai à M. Platt que j'étais incapable de tricher à un examen ou même à une interrogation surprise depuis mon expérience au primaire; j'avais copié sur Sierra Blathenworthy qui, au final, en savait moins que moi sur ce livre stupide intitulé *Joyeux jour de pique-nique Penny.* Je lui dis que mon cerveau se refusait à tout raisonnement mathématique quand j'étais nerveuse, mais qu'il se remettrait bientôt en marche.

M. Platt semblait confus mais pas particulièrement convaincu.

– Jessie, comme d'habitude, je ne comprends absolument rien à ce que vous racontez. Penny qui ? J'étais content de constater une amélioration dans vos résultats, mais si vous ne pouvez pas expliquer ce que vous faites, il ne s'agit pas vraiment de progrès. Seth, qu'en dites-vous ?

Seth semblait confus, lui aussi.

– Je ne vois vraiment pas comment elle peut trouver la plupart des réponses sans savoir comment elle y est arrivée. C'est peut-être bien une question de nervosité.

Bon. J'en avais assez. Je suis *invisible* ou quoi ?

– Ohé ! Je suis là. Arrêtez de parler de moi. Parlez-moi ! M. Platt soupira.

– Travaillez plus fort, Jessie. Si vous ne faites pas de progrès d'ici la fin de la semaine, vous devrez changer de classe. C'est pour votre bien.

Avez-vous remarqué que les adultes disent toujours « c'est pour votre bien » lorsqu'ils sont prêts à vous faire un coup immonde ?

Bonne nouvelle : Shakespeare avait accepté le sujet de mon essai : le rôle des archétypes de superhéros dans la culture moderne. Mauvaise nouvelle : vendredi était la date limite de remise d'une ébauche de l'essai, que je n'avais même pas encore amorcée.

Bonne nouvelle : j'avais finalement réussi à repérer Lily à la cafétéria. Mauvaise nouvelle : elle s'échappa au gym. Je me débarrassai de mon plateau (pain de viande à la king – dégueu…), la rattrapai et me jetai sur elle.

– Allez Lily, parle. Tu m'as évitée toute la matinée. Que s'est-il passé ? Elle dégagea son bras de ma main et s'assit à la table.

– Rien. Rien de spécial. C'était... bien. Très bien. Je veux dire, le match était bien et sa nouvelle maison était cool, et nous nous sommes bien amusés. C'était bien.

Elle ne me regardait pas dans les yeux.

– Donc, John et toi vous avez eu du plaisir. Beaucoup de plaisir. Une montagne de plaisir tellement haute que tu ne peux pas me regarder dans les yeux ? *Omondieu !* Vous vous êtes disputés ? Vous avez cassé ? Que s'est-il passé ? Qu'est-ce qu'il a fait ? Qu'est-ce que tu as fait ? Tu vas bien ? Dis-moi tout ! Lily cessa de brasser du papier et me regarda.

– Non, je ne vais pas très bien, d'accord ? C'est juste trop dur d'avoir une relation à distance. John s'intéresse vraiment à moi, mais nous ne parlons déjà plus des mêmes choses. Je veux dire, des choses que nous avons en commun. Il voulait parler de sa nouvelle école et, moi, de la mienne, et c'était vraiment bizarre. Il veut revenir ici, mais je ne crois pas que sa mère acceptera, sauf si...

Je croisai mes bras.

– Sauf si... quoi ? Lily fit la grimace.

– Sa mère était une Reine de bal de l'école et elle croit que les titres cérémoniaux ont une importance sur le développement psychosocial d'un adolescent, alors elle a dit que si...

J'allais protester contre les titres et le développement psychosocial lorsque la porte s'ouvrit brutalement sous l'assaut de l'équipe de football. Les joueurs entrèrent dans le gym en jouant du coude et en riant, avec Mike à leur tête. Seth était juste derrière eux. Je me laissai tomber sur la chaise près de Lily.

– Tu m'expliqueras plus tard ce que tu viens de dire. Pour le moment, je dois me concentrer parce que mes deux cavaliers pour le Mini-Bal viennent de faire leur entrée. (*Serrement de gorge*.)

– Salut, Rouquine ! On vient vous aider.

J'adoptai un air charmeur.

– Tu peux m'aider quand tu veux. Lily roula des yeux, mais Mike me sourit. J'étais assez fière de ma nouvelle personnalité flirteuse jusqu'à ce que je réalise que Seth m'avait entendue. Il me regardait fixement, et je ne saurais dire si son visage exprimait de la tristesse ou du dédain. Quoi qu'il en soit, je ne me sentais plus du tout d'humeur à draguer. Mike s'approcha.

– Bon, allons-y. Dis-nous quoi faire.

Puis, il se retourna et cria à ses coéquipiers.

– Silence, les monstres ! On va faire vibrer cette salle de danse, oui ou non ?

Tout le monde hurla « oui ! » en applaudissant et en poussant des hourras. (Deux types aboyèrent et hurlèrent comme des chiens enragés, que voulez-vous, c'était des joueurs de football !)

Dans ce tumulte, je faillis ne pas voir Seth pousser la porte du gym et sortir en silence. Il me sembla qu'il emportait avec lui une partie de l'agitation générale, ce qui était étrange puisqu'une douzaine de joueurs m'entouraient toujours en hurlant. Seth était parti sans jeter un dernier regard vers moi. *C'est dur de faire concurrence à toute une équipe de football, j'en conviens. Mais il aurait pu au moins essayer !*

Lily donna des coups secs sur la table pour attirer notre attention. Elle était la « reine du comité du Mini-Bal » et s'en donnait à cœur joie. Elle se leva et frappa très fort dans ses mains.

– D'accord, les gars, on se calme. Merci infiniment pour votre aide. Mettez-vous en ligne et je vais assigner les tâches – seulement des travaux masculins, Donaldson, tu peux relaxer – et merci encore.

Le temps de répartir le travail et la cloche sonna. Je me traînai péniblement vers la porte (je n'étais tellement pas d'humeur à examiner les entrailles d'une grenouille) en dévorant Mike discrètement du coin de l'œil.

– Jess, attends !

Oups… Prise en flagrant délit.

– Alors, à quelle heure je passe te prendre pour le bal ? Sept heures ? D'habitude, on va manger en groupe avant. J'aurai un smoking noir. Il faut que tu me dises samedi matin ce que tu vas porter, tu sais, pour l'affaire des fleurs. Ma mère est bonne pour acheter les petits bouquets. C'est notre grand moment mère/fils annuel.

Il rit et ouvrit la porte.

– Eh bien… je... Sûr. Sept heures, c'est parfait. Je te dirai pour la robe. Je lui envoyai mon plus grand sourire. Évidemment, j'étais ravie d'aller au bal avec lui. Après tout, il était une vedette de football et le gars le plus cool de la classe. Presque aussi mignon qu'Orli, en fait. Alors pourquoi me sentais-je coupable vis-à-vis de Seth ? Et, plus important encore, comment allais-je le lui dire ?

Bonne nouvelle : mon partenaire de labo, le type bourré de gadgets, était malade. Je n'aurais donc pas à écouter un autre discours sur l'importance des piles rechargeables. Mauvaise nouvelle : mon partenaire de labo, le type bourré de gadgets, était malade. Je devais donc faire une partie de la dissection. (Seul un esprit malsain et tordu pouvait mettre le cours de bio juste après le lunch. On devrait le dénoncer à l'Union des libertés civiles américaines.)

Parlant de nausée, Kelli se tenait horriblement près de mon cavalier de bal. Pourquoi chuchotaient-ils et riaient-ils tant ? Je me battis un bref moment avec ma conscience qui me dictait la mise en garde de É sur l'écoute clandestine des « conversations intimes », et ma conscience perdit. De toute façon, Kelli et Mike n'étaient pas mariés, n'est-ce pas ? Ils ne sortaient même pas ensemble. Alors, ils n'avaient aucun droit à l'intimité.

Je zonai. Je canalisai. Je voulais dégobiller. Ils parlaient de *moi*.

– Mon chéri, tu sais que c'est à mon bras que tu veux aller au bal. Cette ratée aux cheveux broussailleux gâchera toutes tes photos.

Kelli chuchotait à l'oreille de Mike. Me voyant les regarder avec une fascination malsaine, elle glissa un ongle foie-de-grenouille le long de son bras. Beurk ! Choix lamentable de couleur de vernis.

– Ouais, mais elle m'en sera tellement *reconnaissante*. Imagine comme ce sera amusant.

Quoi ? Venait-il de dire « *reconnaissante* » ? Je posai brutalement ma main sur la table. Mais le problème, c'était que ma main tenait le scalpel et que la grenouille était sur la table. Le scalpel découpa la grenouille, traversa la planche à dissection et entailla la table de labo sur environ cinq centimètres de profondeur. Une purée de grenouille verte et rouge m'éclaboussa ainsi que la table, le plancher et les deux gars devant moi.

Aaaghhh ! Une vraie vision d'horreur. Des tripes de grenouille dégoulinaient de mes mains, de mes vêtements et – pouah ! – même de mon visage. Je sortis en courant devant le regard épouvanté des élèves (encore une fois, la super freak était le centre d'attention) et me dirigeai vers les toilettes. En passant devant Mike et Kelli, je crus voir Seth planter un coup de coude dans l'estomac de Mike. Sans doute une hallucination post-traumatique.

J'étais presque sûre d'avoir atteint la porte avant que mes larmes ne jaillissent, mais je ne pourrais le jurer. Voilà pour les bonnes et les mauvaises nouvelles dont je suis capable de parler.

CHAPITRE 17

LE PAYS DES VIVANTS ET SHÉRIF POLYESTER

Mon retour à la maison ne passa pas inaperçu. J'étais couverte de viscères de grenouille et maman demanda des explications. Après l'épisode du Gatorade, elle s'inquiétait probablement de la montée en flèche de notre consommation de détergent à lessive. Je la rassurai. Il était hors de question que je reporte un jour des vêtements souillés aux tripes de grenouille. Je les jetai directement dans un sac à ordures, fermai le sac et le balançai dans l'entrée. Puis, je passai une heure sous la douche, me lavant les cheveux quatre fois.

Nous étions assises dans la cuisine, en attendant que le macaroni au fromage finisse de réchauffer au micro-ondes; il était presque six heures. Maman et moi jetions sans arrêt des coups d'œil à Chloé qui parlait au téléphone d'un horrible garçon de sa classe qui avait tiré ses cheveux en l'appelant blondinette. Tout en parlant continuellement de ce garçon, elle mettait la table par télékinésie, en orchestrant une danse d'assiettes entre le buffet et la table. C'était une utilisation de pouvoirs vraiment cool et elle faisait tout pour que je le remarque.

– Très impressionnant, *blondinette*. Pourquoi tu ne fais pas danser le gamin qui t'embête à l'école plusieurs fois au plafond? Je suis sûre que ça le calmerait. Maman mit son grain de sel, comme d'habitude, lorsque je suggère quelque chose d'amusant.

– Non, elle n'utilisera *pas* ses pouvoirs pour torturer d'autres enfants. Il y a des règles sévères à Belmont, comme tu le sais – ou comme tu le *saurais* si je mettais de côté ma fierté anti-Drake et te transférais à Belmont. Jess, il faut que nous en parlions.

Apparemment, ça ne se passe pas très bien pour toi dans cette école pour Normaux.

Elle esquiva une file de fourchettes volantes.

– Dégagement au-dessus de la tête, Chloé. Fais attention à ton altitude. Nous avons besoin de boissons et de la salade aussi. Je m'en occupe.

Maman regarda le réfrigérateur et la porte s'ouvrit. Le bol de salade et un gallon de limonade prirent place dans le défilé de nourriture et d'ustensiles cheminant vers la table. J'avais beau être habituée (il y avait deux télékinésistes dans la famille depuis deux ans et maman faisait flotter les choses depuis ma naissance), j'eus les nerfs un peu à vif lorsque le plat en verre de pâtes brûlantes fit du surplace au-dessus de ma tête.

– Hé, qui contrôle le macaroni au fromage ? Pas de blagues, hein ? J'ai lavé mes cheveux cinq fois aujourd'hui !

Maman me donna une petite tape sur l'épaule.

– C'est moi, chérie. Chloé n'a pas encore le droit de toucher aux plats chauds. Est-ce que nous avons tout ?

– J'ai tout sauf des pouvoirs qui servent à quelque chose, marmonnais-je. Je n'avais pas mentionné à maman le commentaire de Mike à l'effet que je lui serai *reconnaissante*. Je devais avoir mal entendu ou mal compris. Il n'aurait jamais dit une chose d'aussi mauvais goût. Pas à mon sujet. Pourquoi n'avais-je pas le don de télékinésie ? Ce pouvoir était bien plus utile que celui qui vous fait entendre d'horribles choses sur vous-même ou voir les sous-vêtements des autres.

– Jess, tu veux bien m'ouvrir ça ?

Maman me tendit un pot de vinaigrette ranch. *Bravo. Je suis un super ouvre-pot. Pour un dollar quatre-vingt-quinze, on peut me remplacer par un machin en caoutchouc antidérapant.* J'ouvris le pot et le redonnai à maman. Nous nous servîmes et commençâmes à manger. Pour une fois, le contenu de mon assiette était alléchant.

– Mais, ce n'est pas du tofu ? Pas des pousses de quelque chose ? Remarque bien que je ne m'en plains pas. C'est le premier repas qui me donne envie de manger depuis un bail. Je ne veux pas te faire de la peine, mais ce truc brun poisseux de l'autre jour était vraiment mauvais.

Maman semblait... gênée ? À cause du macaroni au fromage ? *Que se passait-il* ? Elle piqua sa fourchette dans sa salade puis se racla la gorge.

– Je... bien, je... je suis tombée sur Luke à l'épicerie aujourd'hui. Je veux dire, je ne lui ai pas tombé dessus en l'agressant ou en faisant quelque chose du genre; ce serait évidemment contre la loi, et... euh... imagine, attaquer un shérif avec un caddie, ha ha !

Et voilà d'où venaient mes super compétences en babillage.

– Maman, qu'est-ce que tu fabriques avec le shérif Polyester ? Je croisai mes bras sur ma poitrine (en y jetant un coup d'œil pour voir si cela me donnait un décolleté – et non) et m'adossai à ma chaise. Chloé intervint.

– Il est gentil. C'est l'oncle de Destiny et, une fois, il est venu la chercher à l'école. Mais il ne sait rien des superpouvoirs. Il a un chien vraiment, vraiment mignon, comme celui dans *Les hommes en noir II*.

Je roulai des yeux.

– La belle affaire. Donc, il a un chien. Hé, ce n'est pas un chien un peu féminin pour un shérif ? Qu'est-ce qu'on sait de ce type ? Est-ce qu'il te drague ? Les joues de maman se colorèrent. Et oui, maman rougissait.

– Les filles, s'il vous plaît, calmez-vous. Non, il ne me drague pas. Et j'aimerais bien que tu essaies de réfréner ton hostilité, Jessie. Il m'a invitée à dîner, c'est tout.

J'allais déposer brutalement ma fourchette lorsque l'image du scalpel de cet après-midi traversa mon esprit. Je changeai donc d'idée.

– C'est tout ? C'est tout ? Et tu lui as dit non, hein ?

Maman se leva et se dirigea vers l'évier avec son assiette toute pleine.

– Non, je n'ai pas dit non. Attends, ne t'énerve pas. Je n'ai pas dit oui non plus. Je lui ai dit que j'allais y penser. Il était très courtois et n'attendait pas une réponse immédiate de ma part.

Chloé était si excitée qu'elle lévita d'une dizaine de centimètres au-dessus de sa chaise. – Maman, si tu vas dîner avec lui, je pourrai garder son chien ? Dis oui ! Dis oui ! Dis oui ! Dis oui ! S'il te plllaît ?

C'était le bouquet.

– Non, tu ne peux pas garder son chien. Il va perdre ses poils ou pisser partout sur le plancher.

Je m'éjectai de ma chaise moi aussi.

– Maman, c'est insensé. Tu ne peux pas sortir avec ce type alors que papa... papa... J'étais incapable de finir ma phrase. Maman se tourna vers moi, s'essuya les mains sur une serviette. Elle semblait triste, mais hors de question que je tombe dans le piège de la compassion.

– Papa est mort, Jess. Il est mort depuis deux ans. Bien sûr, il nous manque et il continuera à nous manquer. Mais vivre dans le passé ne nous le ramènera pas. Je sais que tu as pris la relève depuis que papa est mort, et je n'aurais jamais dû t'imposer cette responsabilité. Tu n'étais qu'une enfant, à peine moins bébé que Chloé. Mais je suis de retour maintenant. Dans le monde des vivants. Allons nous asseoir et faisons une réunion de famille.

Je n'allais pas me laisser embarquer. Sûrement pas.

– Deux années sans rien faire – sans t'occuper de nous – et te voilà de nouveau dans le monde des vivants pour un *mec* ? Et nous alors ? Nous n'étions pas assez importantes pour toi, mais un type stupide avec un badge en alu l'est, lui ? Je n'ai que faire de ta réunion de famille. Nous n'avons pas de *famille*. Notre famille est morte avec papa. Nous ne sommes que trois personnes vivant sous le même toit.

Je repoussai ma chaise et courus vers ma chambre. Pour la deuxième fois aujourd'hui, je n'étais pas sûre d'avoir quitté la pièce avant que mes larmes ne jaillissent.

Après avoir terminé mes devoirs fastidieux, j'allumai mon ordinateur pour voir si le conseil avait donné suite à mon ultimatum.

À JESSIE DRUMMOND : « S'IL VOUS PLAÎT, LIMITEZ-VOUS AUX COMMENTAIRES SUR VOS SUPERPOUVOIRS. NOUS AVONS L'INTENTION DE VOUS FAIRE VENIR À NOTRE QUARTIER GÉNÉRAL LE JOUR DE VOTRE SEIZIÈME ANNIVERSAIRE, POUR FAIRE DES DÉMONSTRATIONS ET POURSUIVRE LA DISCUSSION. LE CONSEIL. »

Pas question que je célèbre mon anniversaire – surtout le plus important, le *seizième* – avec une bande de vieux membres du conseil. Attendez que je dise à maman que Drake pense pouvoir m'y obliger, elle... Bon. Peut-être qu'elle s'en fichera. Après tout, elle avait le shérif Stupido maintenant.

www.SuperJessie@Ligueblogue.com
Sûr. Limiterai commentaires. Superpouvoirs utilisés aujourd'hui. Suis ouvre-pot humain. Pas question célébrer anniversaire avec stupide conseil. Merci quand même. »

J. Drummond

Ha. J'espère que c'était assez *limité* pour eux.

MI de Theoreme2Pythagore@skyvillenet.com :
« Jessie, tu es en ligne ? C'est Seth. »

Oh non ! Qu'est-ce que je dis pour le bal ?

MI de SuperJessie@skyvillenet.com :
« Oui, je suis là. Étais sur le point de me déconnecter. Qu'y a-t-il ? »

MI de Theoreme2Pythagore@skyvillenet.com :
« Je voulais te dire que je me suis occupé de l'affaire du scalpel. Cette table doit être défectueuse. En tout cas, j'ai retiré le scalpel et Somnifère n'y a vu que du feu. »

Et voilà. Il doit tout savoir sur moi. Comment le vérifier ? Si la Ligue découvre tout ça, c'est la catastrophe. Et qu'arrivera-t-il à Seth ? Il essaie de m'aider et il finira dans le donjon des tortures avec le démon Drake, qui est absolument du genre à piquer du bambou sous les ongles des gens – j'avais entendu parler de cette torture, sauf que j'ai vu du bambou et c'est vraiment gros. Comment peut-on piquer ce truc-là sous les ongles ? C'est une sorte de tube creux. En fait, c'est peut-être le doigt qui est piqué dans le tube de bambou – mais alors, où serait la torture ?

Et zut ! Je suis tellement dans les vaps !

MI de SuperJessie@skyvillenet.com :
« Merci, Seth. J'ai perdu les pédales. À propos du bal, il faut que je te dise que... enfin... »

MI de Theoreme2Pythagore@skyvillenet.com :
« Oui, je sais. Tu y vas avec Mike. Il l'a dit à Kelli. J'aimerais seulement que tu sois... prudente, d'accord ? À + »

Sois prudente ? Que voulait-il dire par là ?

Je fermai mon ordinateur et me dirigeai vers la salle de bain, tout en me demandant ce que Seth savait et comment je pouvais le découvrir. Tandis que je me brossais les dents avec du dentifrice extra blanc, extra blanchissant, extra blancheur et extra je ne sais quoi que maman avait choisi cette fois, je sus ce qu'il me restait à faire. J'allais demander des conseils à É. Elle me devait bien ça.

CHAPITRE 18

L'AVENTURE DU ROI DU BAL

J'entrai dans le gym en faisant claquer les portes et Avielle mit un doigt sur ses lèvres en pointant Lily de l'autre main. Lily était accroupie sur le sol, un bras autour de ses jambes et l'autre tenant un cellulaire contre son oreille. Elle ne leva pas les yeux, mais je pouvais voir des larmes couler sur ses joues. J'avançai vers Avielle.

– Qu'est-ce qui ne va pas ?

– C'est John. Il n'y a pratiquement aucune chance qu'il revienne à Skyville d'ici la fin du lycée. Lily a dû te dire que sa tante et son oncle ont proposé qu'il vive chez eux en semaine et qu'il retourne chez lui certains week-ends et pendant les vacances. Son père est d'accord, mais sa mère est totalement contre. Il reste cependant une petite possibilité, mais ils n'y croient pas.

Je me souvins de notre dernière conversation qui s'était achevée par « sauf si... ». – Quelle possibilité ?

– Je préfère laisser Lily te l'expliquer elle-même.

J'observais Lily, recroquevillée sur le sol. Comme si elle sentait mon regard, elle leva la tête et me sourit, puis éteignit son téléphone et se releva rapidement.

– Bon. Il ne nous reste plus qu'à trouver un moyen de convaincre sa glorieuse mère qu'il serait mieux ici. Nous devons obtenir la promesse de l'entraîneur que John sera un joueur partant de l'équipe de football.

Elle essuya ses joues et, d'un battement de paupières, asséchа ses yeux, en souriant comme si tout allait pour le mieux.

– Rien de plus facile. L'équipe meurt d'envie de le ravoir, dit Avielle.

Je regardai Lily.

– Alors, où est le problème ? Ramenons-le dans l'équipe !

Un petit rictus se forma au coin de sa lèvre salée de larmes.

– Hé bien, il y a une autre toute petite chose, dit Lily.

– Quoi donc ? demandai-je.

– Nous devons le faire élire roi du bal.

Nous tentâmes vainement de trouver un moyen de faire élire John et Lily comme roi et reine du bal. Ce n'était vraiment pas évident car, avouons-le, Lily était beaucoup trop intelligente pour remporter un concours de popularité et John n'étudiait même plus à Skyville. Je pensais que ce simple fait le disqualifiait, mais Lily m'informa qu'il suffisait que l'un des deux membres du couple soit un étudiant actuel. Le problème, c'était que les gens choisiront un gars de leur école. Nous quittâmes le lycée, déprimées, en nous promettant d'y réfléchir en soirée. Toutefois, je ne pus tenir ma promesse, car maman me fit pratiquer des super exercices toute la soirée. (Je lui avais dit que la Ligue avait des projets de visite et elle avait piqué une crise. Je crois qu'elle voulait que je fasse éclater leur mini super cerveau avec une démonstration.)

Concentre-toi, Jessie. Canalise, Jessie. Zone, Jessie. Plie cette barre de fer, Jessie. Et bientôt, ce sera « donne la patte » ou « vas chercher » ?

Je pensais à Lily et à Avielle avec une pointe d'envie. Je savais qu'elles n'avaient pas à faire des choses de ce genre. Le pire qui pouvait leur arriver, c'était d'avoir à faire la vaisselle.

– Jessie, la vaisselle !

Ben voyons ! Je déposai un tourbillon de liquide à vaisselle dans l'évier et fis couler l'eau. Je regardais flotter des bulles chaotiques et malformées comme mes pensées. Dommage qu'on n'essayait pas de faire élire Mike. Ce serait si facile, puisqu'il était une vedette de football et tout et... *Euréka ! Football ! Le roi de tous les sports au lycée* !

Je laissai tomber les assiettes dans l'évier et courus vers le téléphone. Je pouvais certainement mettre de côté mes sentiments personnels au profit de l'équipe – c'est-à-dire de Lily et de son avenir. Et puis, Mike n'avait pas pu parler de moi de la sorte. Il n'aurait jamais dit une chose aussi déplaisante. J'avais dû mal comprendre. Je composai le numéro de son cellulaire.

– Mike ? Salut, c'est Jessie. Est-ce que les gars de ton équipe seraient contents si John Bingham revenait jouer au football ? Le cri hystérique qui transperça mon tympan ne renfermait aucun mot pour ainsi dire, mais j'en conclus que c'était un oui.

– Est-ce que c'est oui ?

– Tu rigoles ? C'est le meilleur centre de toute la Floride. Les dépisteurs l'ont remarqué l'année dernière et il n'était qu'en troisième ! Si nous pouvions le ravoir dans l'équipe, ce serait vraiment génial. Pourquoi cette question ? Tu sais quelque chose ? J'expliquai le dilemme du roi du bal.

– En gros, la mère de John est une ancienne reine du bal, reine de la fête, reine de tout ce que tu voudras. Ce genre de truc est vraiment important pour elle. Donc, elle a dit que si John était élu roi du bal ce week-end, ça prouverait qu'il a de vrais amis ici et qu'il ne devrait pas les quitter.

– C'est vraiment malade, dit Mike.

Les gars ne comprendront *jamais* la pensée féminine. Oubliez Mars. Les gars viennent d'une autre *galaxie*.

– D'accord, c'est malade, mais il faut faire avec. Alors, tu vas nous aider ?

– Je ferais tout pour toi, Rouquine.

– Ouais, c'est ça. Tu veux dire, pour que John revienne dans l'équipe. Mike se mit à rire.

– Eh bien, pour ça aussi.

– Bon. Voici ce que nous allons faire. Au fur et à mesure que j'expliquais mon plan, je me disais que cela pourrait effectivement marcher. Maintenant, je devais appeler Lily et Avielle et leur faire part de l'entente. Je composais le numéro lorsque maman fit irruption dans la cuisine.

– Jessie, est-ce que la vaisselle est faite ? C'est quoi, ça ?

Maman pointa un doigt vers l'évier d'où ruisselait de l'eau pleine de bulles jusqu'au bord du comptoir, le long des armoires et partout sur le sol. Oups...

– Jessica Drummond ! Raccroche immédiatement ce téléphone et nettoie ce dégât !

Elle donna un coup de talon furieux sur le sol et fixa l'évier. Le robinet se ferma brusquement et le flot s'arrêta en l'air.

– Joli coup, maman, mais pas très efficace pour le plancher inondé. Elle dirigea son regard vers moi.

– Qu'est-ce qui t'arrive ces derniers temps ? Je sais que tu es une adolescente et que tu as des nouveaux pouvoirs à gérer, mais tu ne peux plus continuer à utiliser ces raisons pour excuser ton comportement. Allez, nous avons une réunion de famille.

– Mais maman...

– Maintenant ! En fait, dès que tu auras fini de nettoyer. Vingt minutes. Dans le salon.

Elle sortit de la cuisine avec un « sinon » imprimé sur son visage. Je soupirai et cherchai les torchons. Au moins, je pouvais utiliser ma vision aux rayons X pour regarder à travers les portes des armoires. *Youpipipi !*

Vingt-cinq minutes plus tard (la preuve que je savais me rebeller), je retrouvai maman et Chloé dans le salon. Elles jouaient au Monopoly Junior. Chloé raflait tout le fric, comme d'habitude. Je me laissai choir dans le fauteuil de papa et croisai mes bras.

– Quoi ? Maman me menaça du regard.

– J'en ai assez de tes impolitesses, Jess. Tu ferais mieux d'arrêter ça.

– Bien. S'il te plaît, quel est l'objectif de cette rencontre ? J'utilisai une petite voix doucereuse et hypocrite à souhait. Chloé commença à ranger les pièces du jeu dans la boîte.

– Oh, je sais ! Je sais ! Nous allons avoir un petit pitou.

Maman secoua la tête.

– Non, nous en avons déjà parlé. Nous n'aurons pas de chien avant d'être bien établies ici.

– Un petit minou alors ? demanda Chloé, avec un regard plein d'espoir.

– Pas de chaton non plus. Écoute, Chloé, je dois vraiment parler à Jess maintenant. Tu ne veux pas aller écouter de la musique ou regarder une vidéo dans ta chambre ?

Chloé fit la moue.

– Je rate toujours les bons moments.

– Ceci n'est pas un bon moment, lui dis-je. C'est le moment où Jessie va passer un mauvais quart d'heure, blondinette.

Elle me tira la langue.

– C'est assez bon pour moi ! Je fis mine de lui donner une tape sur les fesses. Allez, vas-y. Je t'aiderai à faire tes devoirs plus tard.

– D'accord.

Elle ramassa son jeu et monta les marches le plus lentement qu'elle put, en jetant des coups d'œil vers nous. Depuis qu'elle était née, elle avait toujours peur de rater quelque chose. Elle s'asseyait sur les genoux de papa, installée dans son fauteuil préféré, et fixait tout le monde de ses énormes yeux ronds, en affichant un grand sourire béat. Il y avait énormément de souvenirs rattachés à ce fauteuil.

– Ce n'est pas le moment où Jessie va passer un mauvais quart d'heure, comme tu le dis avec tant d'éloquence.

Maman interrompit le cours de mes souvenirs.

– C'est le moment où nous devons parler.

Elle s'assit sur le canapé et me regarda.

– J'ai décidé d'accepter l'invitation à dîner de Luke. Ça fait maintenant deux ans et...

– Stop ! N'en dis pas davantage. Comment peux-tu faire ça ? Si *je* meurs, auras-tu une nouvelle fille ? Je sentais l'hystérie me gagner mais je ne pouvais rien y faire. Je sautai sur le fauteuil de papa. Je te déteste ! Comment peux-tu me faire une chose pareille ?

– Jessie, il ne s'agit pas de toi, mais de moi. J'ai aimé ton père. Il était mon héros à tous les points de vue, mais...

– Alors pourquoi ? Pourquoi oublierais-tu ton mari le héros pour sortir avec un plouc de shérif ? Comment peux-tu faire ça ? Je sentais des larmes de colère dégouliner sur mes joues. Je n'en pouvais plus. Je courus vers la porte et m'enfuis, sans savoir où. En dévalant la rue, j'entendais les appels de maman. Je devais couper le son de sa voix. Je courus de plus en plus vite pour échapper à maman et à la maison, et au fauteuil vide de papa. *Le fauteuil restera vide et papa ne reviendra jamais. Tu dois l'accepter.*

Non ! criais-je à la voix dans ma tête. *Je ne peux pas l'accepter. Parce que si papa est vraiment parti, alors ceci est ma vraie vie. Je suis la super freak qu'aucun garçon ne veut embrasser, que tout le monde considère comme une ratée, que l'on invite par pitié. Si papa est vraiment parti, alors je ne vais pas me réveiller et l'entendre chanter faux dans la cuisine. Ce ne sera pas juste un affreux cauchemar.*

Je m'arrêtai pour prendre une longue inspiration. Je suffoquais. Je me courbai en deux et posai mes mains sur mes genoux. Lorsque ma respiration redevint normale, je levai la tête pour voir où j'étais.

Je regardai droit dans une fenêtre de la Maison du Burger, l'endroit où Mike et moi avions eu notre merveilleux tête-à-tête. Et il s'y trouvait de nouveau – ce gars aime vraiment les hamburgers. Sauf que cette fois-ci, il était avec Kelli. Assis côte à côte, sur la même banquette… en train de s'embrasser.

Je sentis mon cœur sombrer dans mes baskets. Kelli s'éloigna un peu de Mike et marqua un temps d'arrêt lorsqu'elle me surprit en train de la regarder. Elle me sourit et mit ses bras autour du cou de Mike, puis très délibérément, elle l'embrassa de nouveau.

J'avais tellement envie de vomir que je me mis à courir. Je courus loin de maman et de son stupide petit ami. Je courus loin de la voix dans ma tête qui me disait que papa ne reviendra pas. Je courus loin de ma réputation de ratée et de freak. Je courus loin de la vue de mon cavalier de bal embrassant ma pire ennemie. Je courus loin de moi-même.

CHAPITRE 19

JAMAIS EMBRASSÉE, SEULE, AVEC DES CHATS

La vérité, c'est que je ne pouvais courir loin de moi-même. J'étais en sueur, éreintée. J'avais mal aux jambes et mes poumons semblaient en feu. J'étais même perdue. *Seigneur ! Où étais-je ?* Je me laissai tomber sur le côté de la route, en ahanant. Je n'avais encore jamais couru aussi vite ou aussi loin de ma vie. En fait, en regardant autour de moi, je réalisai que je n'avais aucune idée de l'endroit où je me trouvais. Et il faisait soudainement noir. Vraiment noir.

Je vis un minuscule panneau, loin, très loin au bout de la route, presque illisible. Les quelques lettres qui n'étaient pas effacées étaient ERV LLIG. Sans doute quelque chose en rapport avec la réserve militaire ? Je réalisai aussi qu'aucune voiture n'était passée sur cette route depuis au moins cinq minutes. Combien de kilomètres avais-je parcourus ? Chose certaine, cet endroit m'était totalement inconnu.

Je me relevai lentement et faillis retomber. J'avais des crampes si fortes aux jambes que j'en pleurais de douleur. *C'était nouveau. À Seattle, je courais mon dix kilomètres régulièrement, sans jamais avoir de crampes aux jambes.*

Il faisait au moins trente-deux degrés et je frissonnais. Il faisait vraiment, vraiment noir; pas de lune en vue et pas de réverbères. La seule chose sensée à faire était de rebrousser chemin, de retourner vers la ville. Le souvenir de ma course était vague, comme dans un rêve, mais il me semblait que je n'avais pas tourné. Une ligne droite devrait donc me ramener chez moi, n'est-ce pas ?

Est-ce que je voulais vraiment retourner chez moi ? Qu'est-ce qui m'attendait là-bas ? Une mère qui se fiche pas mal de moi et une réputation de super ratée dont je me passerais bien. Je ferais peut-être mieux de continuer.

Je restai là quelques minutes, allant d'un côté, puis de l'autre. Vers la ville (du moins je l'espérais), puis vers l'inconnu. Craignant de partir, mais ne désirant point rester. Puis, un bruissement se fit entendre dans les buissons. Je poussai un cri et bondis presque en dehors de mes baskets, puis je me retournai vers les buissons. *Calme-toi, Jess. Ce n'est probablement qu'un raton laveur. Il y en a partout ici. Pas de panique.*

Le bruissement se fit entendre de nouveau et le plus gros, le plus énorme, le plus méga gigantesque crocodile que j'aie jamais vu pointa environ un mètre quatre-vingts de museau et de dents. Il me regarda droit dans les yeux. *Bon sang ! Qu'est-ce que je fais ? Qu'est-ce que je fais ? Sont-ils comme les ours ? Si je cours, va-t-il me pourchasser ? Je crois avoir lu quelque part qu'ils étaient vraiment rapides. Omondieu ! Je vais servir de repas aux crocodiles* !

(En passant, ce n'est pas vrai que lorsqu'on est en danger de mort, on voit sa vie passer à toute vitesse. On voit plutôt pourquoi on doit mourir.)

Je vais mourir parce que je suis un être immonde. J'ai dit à maman que je la détestais. Je mérite de servir de pâture aux crocodiles.

L'énorme monstre écailleux fit un autre pas vers moi. *Oh Dieu tout-puissant, si vous me tirez d'ici, je jure de ne plus être méchante avec maman. J'aiderai Chloé à faire ses devoirs. Je ferai du bénévolat. Je... Je...* Je pris une grande respiration pour me donner le courage de faire le serment à Dieu de renoncer à jamais aux garçons. C'est alors que le crocodile se mit à gronder. Je sursautai de nouveau et reculai, en résistant à l'envie de détaler comme une lapine. Le grondement s'amplifia de plus en plus. Je me demandai si ma superforce serait suffisante pour lutter contre un crocodile – en Australie, il y a un gars qui fait ça sans être un superhéros. (La Ligue avait vérifié.)

La bête avança encore. Le grondement transperça mes oreilles, venant de... *derrière moi* ? Je tournai la tête brusquement, terrifiée à l'idée de voir des copains du monstre prêts à m'attaquer par les flancs. Des lumières m'éblouirent. *Des crocodiles avec des lampes de poche ?* Non. C'était une voiture. Elle s'arrêta dans un crissement de pneus et quelqu'un cria :

– Jessie, monte dans la voiture !

C'était Seth. Par un miracle inespéré, Seth était venu à mon secours. Je reculai jusqu'à ce que mon derrière touche du métal, tout en gardant un œil sur le croco. Seth ouvrit la portière.

– Monte, répéta-t-il. Jess, ça va ?

Je réussis à rentrer fesses premières, sans jamais quitter la bête des yeux, et refermai la portière derrière moi. Ensuite, je poussai le verrou et éclatai en sanglots.

Seth se pencha et mit ses bras autour de moi, en me donnant des petites tapes dans le dos. Cela me fit un peu de bien, mais j'étais envahie par une surcharge émotionnelle que je devais laisser s'évacuer. Après quelques minutes qui me semblèrent des heures, j'arrêtai de pleurer sur la chemise de Seth. Une fois calmée, je ne pus m'empêcher de remarquer qu'il avait une épaule très chaude, à peine humide, et qu'il sentait bigrement bon. Une odeur fraîche de grand air, et surtout, pas de livres de math. J'aimais bien sa façon de me serrer, même s'il ne le faisait que parce que j'étais dans un état lamentable. Je me sentais au chaud et en sécurité. Je me redressai, en reniflant un peu.

– Tu n'aurais pas des mouchoirs en papier ?

– Non, mais il y a des serviettes en papier dans la boîte à gants.

Il se redressa lui aussi et regarda par la fenêtre. Voulait-il me donner le temps de me moucher ou craignait-il de serrer une fille au nez rouge, en pleine fusion émotionnelle ?

– Seth, merci pour m'avoir sauvée des crocs du crocodile.
Je regardai par la fenêtre et vis le bout de la queue du monstre disparaître dans les buissons. Plus de super ado au menu de super croco. *Dommage pour lui.* Je tournai mon regard vers Seth.

– Au fait, pourquoi tu es ici ? Et c'est *où*, ici ? Bon sang, où est-ce que je suis ? Je courais et j'ai comme perdu la notion du temps. Seth me regarda comme si j'avais perdu aussi le nord.

– Jessie, tu es au milieu de la plus grande réserve d'alligators de l'État. Tu n'as pas vu les panneaux ?

Oups... Les lettres ERV LLIG avaient davantage de sens maintenant. Seth inspira profondément.

– Jessie, tu as couru pendant presque trois quarts d'heure. Tu es à quarante-trois kilomètres de la ville.

Il avait bien dit quarante-trois kilomètres ? Impossible !

– Tu as bien dit quarante-trois kilomètres ? Impossible !

– Oui, c'est impossible... ou plutôt, ce serait impossible... si tu étais une *Normale*.

Il me regarda avec ce qui semblait être un mélange de défi et de soulagement.

– Voilà. Je l'ai dit. Alors vas-y, tue-moi ou fais ce que vous autres, les gens de la Ligue, êtes supposés faire.

Je me mis à rire. En fait, je *hurlai* carrément de rire. Parlez-moi d'instabilité émotionnelle. Seth se contenta de me regarder, les mains serrées sur le volant, dans l'attente de sa mort prochaine, assurément.

– Je suis désolée, Seth. Mais après la journée que je viens de vivre, je vais soit rire, soit me remettre à pleurer, et comme ta chemise est déjà saturée de larmes, je... je... Tu penses que je vais te *tuer* ? Que je vais t'envoyer une décharge mortelle de rayons X ? Je ne peux même pas réchauffer une mini-pizza ! Je me remis à hurler de rire, en me tenant le ventre. Lorsque je me calmai un peu, Seth dit d'une voix ferme :

– Content de te faire rire.

Il démarra ensuite la voiture et fit un grand demi-tour pour retourner en ville.

– Seth. Seth ! Je suis désolée. Je ne me moque pas de toi. Je suis juste un peu hystérique. Ma mère va sortir avec le shérif Polyester, Mike vient d'embrasser l'affreuse Kelli et un crocodile géant a failli me dévorer. Puis, pour clore le tout, tu crois que je vais te tuer. C'en est un peu trop pour moi.

– C'était un alligator.

– Quoi ? Je me mouchai un bon coup. (D'accord, ce n'était pas très élégant, mais il m'avait déjà vue à mon pire.)

– C'était un alligator. Les alligators américains vivent exclusivement en eau douce, dans les rivières, les marécages et les lacs des régions du sud-est des États-Unis. Les crocodiles américains aiment l'eau saumâtre ou salée et il n'y en a qu'au bout de la pointe sud de la Floride. Les crocodiles sont très sensibles au froid et demeurent là où il fait le plus chaud. Ici, c'est une réserve d'alligators. C'était donc un alligator. Tu sais, tu aurais pu faire appel à ta supervitesse pour t'enfuir.

Je le regardai avec incrédulité. Je souffrais de choc et de surcharge émotionnels intenses et il me donnait une leçon sur les reptiles.

– D'accord. Merci. Je suis sensée me sentir nettement mieux ? Je m'enfonçai dans mon siège. Et non, je ne le savais pas. Je n'étais pas au courant de ma supervitesse jusqu'à ce que tu m'apprennes que j'étais au cœur de reptileville. *Ah ces mecs !* Seth sembla confus.

– Quoi ? Excuse-moi, c'est parce que j'ai déjà fait un essai sur les alligators et que... oh, peu importe. J'étais sur le point de partir de la Maison du Burger lorsque je t'ai vue filer devant la fenêtre. Pendant que je réglais l'addition, tu as vu Mike et Kelli et tu as décollé de là à une vitesse phénoménale – comme si tu t'étais volatilisée. J'étais... bon, j'étais un peu inquiet pour toi, alors j'ai sauté dans ma voiture et je t'ai suivie. Une chance que tu n'as jamais tourné, parce que tu ne respectais pas vraiment les limites de vitesse. J'ai eu peur de te perdre.

Je ne pouvais pas le regarder. Pourquoi fallait-il toujours qu'il me voie dans les situations les plus humiliantes ? Je regardai par la fenêtre, dans le vide, et dis d'une petite voix :

– Tu as vu Mike et Kelli ? Alors c'est comme s'ils... sortent ensemble ? Il soupira.

– Bon sang, Jessie ! Je te croyais plus sensée que ça, n'ayant pas grandi sous l'emprise de Mike le magnifique. Oui, ils sortent ensemble, comme tu dis. En fait, ils se fréquentent par intermittence depuis quatre ans. Régulièrement, l'un des deux sort avec une autre personne pour susciter la jalousie de l'autre et cela se termine toujours mal, je veux dire, pour cette autre personne.

Sa voix semblait un peu dure. Je lui jetai un coup d'œil. Il serrait les mâchoires et avait l'air fâché d'un gars prêt à en cogner un autre.

– Toi ? demandai-je.

– Moi quoi ? demanda-t-il à son tour.

– Es-tu l'un de ceux que Kelli a fait souffrir ? Je sentis un nœud se former dans mon ventre à l'idée que Seth ait pu embrasser Kelli. Le pire, c'était que la *pensée* de Seth embrassant Kelli me bouleversait plus que la *vue* de Mike embrassant Kelli. *Holà ! C'était quoi tout ça ?* Il rit et desserra ses mains sur le volant.

– Non, surtout pas moi. Je ne trouve aucun charme à Kelli. D'accord, elle est mignonne, mais sa personnalité efface tout l'attrait que son physique pourrait avoir sur un gars. Du moins, en ce qui me concerne.

– Donc, tu la trouves mignonne. Mon estomac noué détestait cette idée. Il me regarda et sourit.

– Si c'est ça que tu retiens de tout ce que je viens de te dire.

Je ne pus me retenir. Je me mis à rire, Seth aussi, ce qui fit baisser d'une centaine de crans le niveau de tension qui régnait dans la voiture. En dépit de mon humiliation, je ne me sentais pas trop nulle en présence de Seth. Est-ce que cela disait quelque chose sur moi ou sur lui, ou sur nous ? Y avait-il un nous ?

– Jessie, on pourrait aller marcher et parler. Le cellulaire de ma mère est dans la boîte à gants. Si tu veux, tu peux appeler chez toi pour rassurer tout le monde.

Il parlait sans me regarder. Bien sûr, il vaut mieux ne pas quitter la route des yeux lorsque l'on conduit, mais j'avais l'impression qu'il avait peur que je lui dise non, comme pour le bal. *Oh non ! Le bal... J'avais accepté d'y aller avec Mike.*

– Ha ! Quelle idée stupide ! marmonnai-je, en frappant le tableau de bord de la main.

– Désolé. Je pensais que...

Il avait de nouveau cette voix ferme.

– Oh non ! Je ne disais pas ça pour toi. Je pensais à voix haute à propos d'aller au bal avec cet idiot de Mike. En fait, euh... j'aimerais vraiment aller marcher avec toi, si tu le veux encore. J'étais incapable de le regarder. Soudain, la tension était de retour dans la voiture.

– Bien sûr. Je ne te l'aurais pas proposé si je n'en avais pas envie. Allez, compose ton numéro et appuie sur envoi pour parler à ta mère.

En marchant sur la plage, j'enfonçais mes orteils dans le sable et je tentais d'apprécier la beauté du moment, plutôt que de m'exciter parce que le bras de Seth frottait contre le mien à chacun de nos pas. Je lui parlai des superhéros et de mes pouvoirs, qui comprenaient maintenant la supervitesse. Il me raconta qu'un groupe d'experts de la Ligue consultaient parfois son père. Il avait entendu des bribes de conversation et, au fil du temps, il avait recollé tous les morceaux comme seul un vrai maniaque de bandes dessinées de superhéros était capable le faire.

– Laisse-moi te dire que je suis soulagée de pouvoir t'en parler, lui confessai-je. J'ai dit à ma grand-mère É que tu savais peut-être quelque chose et que je craignais qu'ils t'emmènent dans un donjon pour t'interroger et qu'ils m'enferment à Bel... euh... quelque part. Seth sourit.

– Je connais Belmont, Jess. Mon père enseignait là-bas. Ne t'en fais pas.

Il toucha mon bras.

– Au fait, c'est vraiment sympa de t'être inquiétée pour moi.

Puis, il toussota et mit ses mains dans ses poches.

– Tu n'avais pas besoin de t'en faire, je veux dire, je peux me débrouiller tout seul, étant un mec et tout. Mais, tu sais, c'est sympa de te préoccuper de moi.

Il donna un coup de pied dans un coquillage et je souris. Pas étonnant qu'il y ait tant d'articles dans les magazines sur le thème de *la difficulté pour un garçon de parler de sentiments*.

– En tout cas, É m'a dit que...

– É ? Vous vous appelez par vos initiales, comme dans *Les hommes en noir* ? Est-ce que tu es J ?

C'est cela. La pensée que je me soucie de lui l'incite à donner un coup de pied dans un coquillage et l'évocation d'un nom de code le rend tout excité. Les gars sont vraiment bizarres. Je roulai des yeux.

– Non, je suis juste Jessie. Ou peut-être Jessie la freak, si tu t'adresses au conseil. Non, É, c'est le diminutif d'Élisabeth, parce qu'elle ne veut pas être appelée grand-mère. Elle trouve que ça fait vieux. Je marchai plus près des vagues qui clapotaient sur le sable blanc.

– En tout cas, elle a dit que je dramatisais et qu'il n'y avait plus de donjons depuis le Moyen Âge. Mais elle a aussi rigolé, alors je ne sais pas si elle blaguait ou pas. Elle a dit que si tu étais au courant de quelque chose, je devais découvrir ce que tu savais et comment tu le savais, puis en faire rapport. Je suppose que c'est la politique officielle de la Ligue. Je ris. Nous sommes les bons, après tout. Nous ne semons pas la mort partout où nous allons. Quoiqu'il y ait plusieurs endroits où je cacherais bien le corps de Kelli. Seth rit aussi, mais sans grande conviction.

– Je serais heureux de mettre le corps de Mike à côté du sien.

Nous marchâmes en silence pendant un moment, puis il se racla la gorge.

– Ce n'est pas que je veuille changer de sujet mais, dis-moi, ta mère ne semblait pas très contente quand tu l'as appelée tout à l'heure.

– Non, vraiment pas. Mais elle a dit que je pouvais faire cette promenade à condition de rentrer dans environ une heure. On a eu une sorte de... désaccord... avant mon départ.

– Ça va maintenant ?

– Oui. Non. Je ne sais pas. Ma mère voit une psychothérapeute pour l'aider à surmonter la mort de mon père et tout le reste. En fait, ça a l'air de marcher un peu mais, tu sais, j'ai presque peur d'y croire. Et maintenant, elle veut sortir avec ce type. C'est *moi* l'ado. C'est *moi* qui suis supposée sortir. En plus, mon père n'est mort que depuis deux ans. C'est n'importe quoi tout ça. Je donnai un coup de pied dans un coquillage moi aussi et le regardai rouler vers les vagues.

– C'est assez pour te faire flipper. Je ne peux pas imaginer ma mère sortir avec un autre homme que mon père. As-tu rencontré ce bonhomme ? C'est un sale type ?

– Non. Je ne crois pas. Il semble assez gentil. Il s'appelle Luke quelque chose, c'est le shérif.

– Hé ! Je connais Luke. C'est un gars cool. Si ta mère doit sortir avec quelqu'un, Luke est au moins un bon choix. En plus, tu sais que ce n'est pas un meurtrier ou un désaxé.

Je m'arrêtai pour mettre mes mains dans mes poches et admirer l'eau. Le reflet de la lune chevauchait les vagues qui roulaient lascivement les unes sur les autres. C'était tellement paisible – tellement différent de ma nouvelle vie. Un CD de bruits de l'océan pourrait m'aider à m'endormir. Sauf qu'avec ma superouïe, j'allais à coup sûr revivre le cauchemar du déluge. *Non, merci !*

– Tu es toujours avec moi ?

Seth s'était arrêté lui aussi et me faisait face. Il dégagea quelques boucles de cheveux qui recouvraient mon visage et me regarda dans les yeux. Dans la nuit éclairée par la lune, ses yeux semblaient énormes. Je sentis ma respiration s'accélérer. C'était parfait. Un baiser au clair de lune – quoi de plus romantique pour un premier baiser ? Il se pencha sur moi. Je commençai à fermer les yeux et à incliner la tête quand il secoua soudainement la sienne et recula.

– Nous ferions mieux d'y aller avant que ta mère n'envoie les flics ou son shérif à notre recherche.

Sa voix semblait un peu rouillée et je me demandai ce qui clochait cette fois.

Y a-t-il une maison de retraite où l'on accepte les vieilles femmes de quatre-vingt-quinze ans qui n'ont jamais été embrassées ? Nous pourrions nous rassembler pour jouer aux cartes, tricoter et parler de « l'occasion manquée » et personne ne se soucierait de notre mort, sauf nos quatre-vingt-sept chats. Et nous aurions des petites poupées de laine accrochées sur tous nos rouleaux de papier hygiénique.

– Aaaghhh ! Je me tournai vers la voiture et m'éloignai de la plage.

– Jess ? Qu'est-ce qui ne va pas ?

Devrais-je le lui dire ? Oh, puis flûte. Va pour le grand chelem de l'humiliation.

– C'est exactement ma question, Seth. Qu'est-ce qui ne va pas chez moi ? Pourquoi personne ne veut m'embrasser ? Sentant des larmes de colère me monter aux yeux, j'accélérai le pas. La balade de retour en voiture se promettait d'être drôle !

Il me rattrapa et saisit mon bras.

– Tu es folle ? Tu crois que je ne veux pas t'embrasser ? Je ne pense qu'à ça depuis que tu es montée dans la voiture. Pour être honnête, je pense à t'embrasser depuis notre sortie de l'autre soir.

Je reniflai un peu et le regardai.

– Alors, euh... bon... pourquoi tu ne le fais pas ? Il grogna et lâcha mon bras.

– Parce que je suis ton second choix. Je suis le gars qui se trouvait là par hasard, lorsque Mike t'a mise en colère en embrassant Kelli. Je suis le gars à qui tu as dit non, lorsque je t'ai invitée au bal.

Il envoya un coquillage valser à environ six mètres vers la plage et se retourna vers la voiture.

– Jess, je ne veux pas être le second favori.

Que pouvais-je dire ? Il avait raison. J'avais ressenti la même chose que lui, en voyant Mike embrasser Kelli, en sachant que j'étais le second choix. C'était dégueulasse. Vraiment, vraiment horrible. Et c'était ce que j'avais fait subir à Seth. Je suivis son dos en silence jusqu'à la voiture. C'était la pire soirée de toute ma vie.

Les supernotes (positives) de Jessie

Trois utilisations constructives de la supervitesse :

1. Échapper aux crocodiles. Ou alligators. Ou n'importe quoi avec plus de dents que moi.
2. Devenir une vedette de l'équipe d'athlétisme. (Hum… éthique ?)
3. Rendre le ménage de ma chambre *beaucoup* plus facile.

CHAPITRE 20

PRÉPARER LE BAL ET RÉUSSIR EN ALGÈBRE

Le jour du bal arriva. Je n'avais pas de cavalier, mais j'y allais malgré tout. J'avais travaillé si fort sur les décorations que je méritais d'en profiter. De plus, Lily et Avielle menaçaient de me tuer si je devais briller par mon absence. Elles promirent de partager leur petit ami avec moi, puisque j'étais trop nulle pour en avoir un à moi toute seule. (D'accord, elles n'avaient pas vraiment dit ça, mais c'était tout comme.)

La bonne nouvelle, c'était que bien que je lui aie dit qu'il était un porc et qu'il était hors de question que j'aille au bal avec lui, Mike avait tenu sa promesse en menant une campagne auprès de tous les sportifs de l'école pour que John soit élu roi du bal. Je suppose que, pour Mike, l'esprit d'équipe comptait nettement plus que moi. Lorsque j'en parlai à É, celle-ci ne mâcha pas ses mots.

– Chérie, oublie les beaux garçons. Ils ne se préoccupent pas d'être des bons petits amis, ils ne s'intéressent qu'à leur propre reflet. Je pourrais te raconter plein d'histoires...

– Oui, je sais, É. Faut que j'y aille. À plus tard.

– Amuse-toi bien, Jess. Je t'aime.

– Je... je t'aime aussi. Je ne pouvais pas m'empêcher de sourire en repliant son bidule de communication. Je l'aimais sincèrement. Et elle me le rendait bien. C'était un premier pas. Un bon pas en avant. *O.K., ça suffit. Si je ne prends pas une douche maintenant, je n'aurai pas le temps de dompter mes cheveux récalcitrants.* J'attrapai mon peignoir et la bouteille d'après-shampooing spécial que j'avais cachée dans mon armoire sur l'étagère du haut, derrière mes vieux livres d'école (Chloé ne pouvait faire léviter que les choses dont elle connaissait l'existence), et me dirigeai vers la salle de bain pour me transformer en une déesse du bal de presque seize ans. Ou, tout du moins, en une personne présentable.

Qu'est-ce que cela pouvait faire de toute façon. Seth me parlait à peine. Tout en réglant le jet de la douche à une température juste au-dessous de celle de la lave en fusion, je repensai à l'école.

Seth et moi étions polis l'un envers l'autre, mais c'était tout. Je racontai à Lily et à Avielle l'épisode de la plage (en omettant évidemment la partie superhéros) et les deux s'écrièrent en même temps :

– Je le savais !

– Vous saviez quoi ? Il ne risque pas de m'accompagner au bal. J'ai tout bousillé. Et il oubliera très vite son envie de m'embrasser. Je suis tellement nulle. Je fermai brutalement la porte de mon casier et nous nous dirigeâmes vers la classe d'algèbre. Alors que je marchais vers ma place, Kelli sauta sur l'occasion qu'elle attendait de toute évidence depuis un moment.

– Si ce n'est pas Miss Jessie la voyeuse. Tu ne devrais pas espionner les gens; tu pourrais voir des choses qui te déplaisent.

Elle examina ses ongles et fit mine de bâiller.

– Dommage que tu n'aies pas réussi à retenir l'attention de Mike jusqu'au bal. Tu pourras toujours penser à nous, dansant ensemble, tandis que tu passeras la soirée en pyjama, devant la télévision.

Je déposai mes livres très délicatement sur mon pupitre. Je refusai de perdre mon sang-froid une fois de plus devant Kelli.

– L'attention de Mike ne mérite pas d'être retenue si elle est centrée sur toi, Kelli. Tu devrais peut-être lui demander qui a largué qui, avant de faire la fière. Et je vais au bal, alors tu ferais mieux de t'écraser. M. Platt entra dans la salle, coupant net toute possibilité de réplique de la part de Kelli.

– Interrogation surprise !

Je soupirai. Maman avait peut-être raison. Ce week-end, je parlerai à Flaque de mon transfert à Belmont. Deux semaines avaient suffi à enrayer toutes les chances de bonheur que j'aurais pu avoir dans ma vie de lycéenne. C'était une cause perdue, alors pourquoi ne pas aller dans une école fréquentée par d'autres monstres comme moi ?

Je sortis une feuille de papier, soudainement libérée de tout stress. Puisque j'allais de toute façon à Belmont, qu'importait que je réussisse ou que je rate cette interro surprise ? Autant tout rater en grand ! M. Platt remua ses papiers et se racla la gorge.

– Problème numéro un...

Je secouai davantage d'après-shampooing dans ma main pour en noyer mes cheveux. Deux traitements d'après-shampooing sont essentiels en situation de frisottis, de stress et d'humidité extrêmes. Parlant de stress, c'est extraordinaire qu'il n'y ait pas plus de crises cardiaques chez les ados dues aux interrogations surprises qu'on nous inflige. Comme aujourd'hui, en algèbre...

Tandis que Lily et moi quittions la classe, M. Platt nous rappela.

– Jessie ! Pouvez-vous revenir une minute ?

Bon. Encore une interro ratée. Au moins, je m'en fichais maintenant.

– Ouais, M. Platt. Je veux dire, oui. Je sais que je n'ai pas fait de progrès, mais j'ai décidé de changer d'éc...

– Au contraire, Jessie. Vous avez réussi ! Regardez. J'ai vérifié vos réponses sur-le-champ afin de voir où vous en étiez. Vous avez résolu neuf problèmes sur dix, avec toutes les démonstrations à l'appui ! Vous ne vous êtes trompée qu'au numéro sept, mais c'est une erreur très courante que vous saurez facilement éviter la prochaine fois. C'est formidable, Jessie. Je suis vraiment content de vos progrès et de vous avoir dans ma classe cette année. Rien ne fait plus plaisir à un professeur que le fait de savoir qu'il a réussi à toucher l'un de ses étudiants et à faire la différence.

– Eh bien, je... euh… c'est super, mais...

– Allez, sauvez-vous. Vous n'avez pas besoin de me remercier. Le plaisir de savoir que votre cœur et votre esprit apprécient les joies de l'algèbre me comble amplement.

Un méga sourire fendit son visage d'une oreille à l'autre.

– J'ai hâte d'en faire part aux autres professeurs. Excellent travail, Jessie. Excellent travail.

Que pouvais-je dire ? Maintenant que je l'avais amplement comblé en réussissant l'interrogation, je n'allais pas le décevoir dans la même foulée en lui annonçant mon départ. Les joies de l'algèbre ? Où ça ?

Comme j'étais en avance, je décidai de vérifier rapidement mes courriels, au cas où Seth aurait changé d'avis et m'aurait envoyé un message. On ne sait jamais.

À JESSIE DRUMMOND : « NOUS AVONS PRIS BONNE NOTE DE VOS INQUIÉTUDES À L'ÉGARD DE VOTRE ANNIVERSAIRE PROCHAIN. SOYEZ AVISÉE QUE VOUS SEREZ TRANSPORTÉE PAR AVION AU QUARTIER GÉNÉRAL LA VEILLE DE VOTRE ANNIVERSAIRE, AFIN QUE VOUS PUISSIEZ CÉLÉBRER AVEC LES VÔTRES. »

LE CONSEIL.

Ouais... ils pouvaient toujours rêver.

Pas de message de Seth. La soirée allait être longue. Je soupirai et ôtai la serviette qui enveloppait mes cheveux. Bon, à défaut d'avoir du plaisir, je pouvais au moins essayer d'avoir de beaux cheveux.

– Jess ? Comment ça va ?

Maman apparut dans l'embrasure de la porte. Elle était magnifique dans sa nouvelle robe rose.

– Bien, je suppose. Je me bats avec mes horribles cheveux, comme d'habitude. Pourquoi j'ai hérité de ces gènes-là, moi ? Je soupirai et me mis à attaquer la tignasse à coups de peigne démêleur. Maman arriva derrière moi, prit le peigne de ma main et le passa doucement dans mes cheveux.

– Tu as de très beaux cheveux, ma chérie. Je crois qu'ils auraient besoin d'une meilleure coupe. Si on allait au salon la semaine prochaine ?

Je la regardai dans le miroir, surprise. Notre dernière activité de filles remontait à il y a bien longtemps.

– Euh... oui, d'accord, enfin, je crois. Maman reposa le peigne sur ma table et me regarda avec une expression étrange.

– Je... j'ai quelque chose pour toi. Cela vient en fait de ton père. Enfin, de nous deux.

Je retins mon souffle, me demandant de quoi elle parlait. Tandis que sa main pénétrait dans la poche de son cardigan soyeux, les miennes se mirent à trembler. *Quelque chose de papa ? Qu'est-ce que cela pouvait bien être ?* Elle sortit une chose longue et argentée de sa poche et la tendit vers la lumière.

– C'est le collier que Steve m'a offert pour mon anniversaire peu après notre première rencontre, avec son motif de huit allongé. Il m'avait dit que ce signe symbolise l'infini, comme l'amour infini que nous allions partager.

Elle rit d'un rire tremblotant.

– Fleur bleue, hein ? Je l'ai taquiné en lui disant qu'il offrait probablement un collier comme celui-là à toutes les filles.

Mais il m'a dit que j'étais la seule et que je serai toujours dans son cœur. Tu sais quoi, chérie ? Il sera toujours dans mon cœur. Peu importe qui je fréquenterai et quoi qu'il arrive.

Elle me tendit la chaîne avec le tout petit symbole en forme de huit allongé.

– Il avait aussi un amour infini pour toi et Chloé. Il disait qu'il était fait pour être un mari et un père et que nous étions la meilleure chose qui pouvait lui arriver.

Maintenant, elle pleurait carrément. Je me regardai dans le miroir et, sur mon visage aussi, les larmes coulaient à flots.

– Je veux que tu le portes, Jessie. Il te rappellera combien papa t'aimait et la place qu'il occupe dans ton cœur.

Je serrai le collier dans ma main et reculai ma chaise pour me mettre debout. Puis, je me jetai dans les bras de maman et nous nous serrâmes comme nous ne l'avions pas fait depuis deux longues, très longues années.

– Je t'aime, maman. Je suis désolée de t'avoir causé autant de soucis ces derniers temps. C'est que...

– Non, chérie. Ne t'excuse pas. C'est moi qui suis désolée pour tout. J'aurais dû faire appel à Grace beaucoup plus tôt. Elle m'aide à découvrir énormément de choses. Elle aimerait bien que Chloé et toi m'accompagniez de temps en temps aux séances.

Je commençai à secouer la tête, puis je regardai le collier dans ma main. Dernièrement, combien de fois m'étais-je réfugiée dans le fauteuil de papa, en souhaitant que quelque chose, n'importe quoi, vienne arranger la situation. Était-ce un premier pas ?

– C'est une bonne idée, maman. Ça pourrait aussi aider Chloé. Nous restâmes là, à nous serrer et à pleurer, et je réalisai que c'était la première fois que je pleurais de chagrin pour papa. Au cours des deux dernières années, j'avais été en colère, blessée et même humiliée, mais jamais je ne m'étais permis de pleurer juste par tristesse. Je le faisais maintenant. Un étrange sentiment de paix m'envahit. De là où il était, papa devait nous voir, maman et moi, ses « femelles émotives », comme il nous appelait.

Au revoir, papa. Dorénavant, nous allons prendre soin l'une de l'autre. Je te le promets. Papa était content, j'en suis sûre.

CHAPITRE 21

JESSIE PEUT-ELLE SAUVER LE BAL ?

Lily et Avielle avaient insisté pour venir me chercher en limousine, même si j'avais dit non environ mille fois. Il était sept heures. Debout en face du miroir du vestibule, je me tournais et me retournais sans arrêt pour m'admirer de face, de côté et de dos. J'avais la plus belle robe de toute l'histoire des bals de lycéens. Elle était faite d'un tissu vaporeux bleu royal, avec des petites manches capes et des touches de bleu plus pâle qui apparaissaient au bas de la robe quand je marchais. Elle était super féminine et élégante, tout en étant un peu artisanale. Gwen Stefani l'aurait portée sans aucune hésitation.

Maman me rejoignit dans le vestibule et mit un bras autour de mes épaules. Nous nous regardâmes dans le miroir.

– Tu es superbe, Jess.

– Toi aussi, maman. Maintenant, écoute-moi bien. Tu dois rentrer avant minuit. Et pas de bêtises. Je te rappelle que nous n'avons pas encore rencontré les parents de Luke. J'avais essayé de prendre une voix autoritaire, mais je crois que seul un vrai parent peut y arriver. Elle me regarda gravement, en tortillant ses mains ensemble.

– Tu sais, je peux faire marche arrière. Si cela te dérange que je sorte avec Luke, je peux lui dire d'en rester là. De toute façon, je ne suis pas sortie avec un homme depuis vingt ans. Je ne sais même pas quoi faire. Je crois que je vais immédiatement l'appeler et tout annuler.

Je saisis son bras alors qu'elle se précipitait vers le téléphone.

– Maman. Vas-y. Tu n'as pas à t'en faire. Tu es super belle et drôle et tu ne fais pas des choses grossières, genre mâcher la bouche ouverte comme la mère d'Audrey Miller. Qu'est-ce qu'il lui faut de plus ? Elle se mit à rire.

– Tu as raison. Qu'est-ce qu'il lui faut de plus ?

Puis, elle regarda nos reflets dans le miroir et tira sur mes cheveux qui, pour une fois, paraissaient bien – souples, bouclés et brillants. J'aurais pu les admirer toute la nuit. En fait, c'est ça que je devrais faire. Rester à la maison et admirer mes cheveux. Après tout, je n'avais aucune raison d'aller au Mini-Bal. Je n'avais même pas de cavalier.

– Maman, je crois que...

– Non, chérie. Tu ne veux pas rester à la maison. Tu veux faire face à ces Normaux et leur montrer que tu n'es pas seulement la nouvelle. Tu es une force avec laquelle il faut compter. Tu es ma fille et la petite-fille de É, et nous ne sommes pas du genre à abandonner facilement. Après ce soir, si tu veux toujours changer d'école, nous irons à Belmont lundi. Flaque sera ravi de t'avoir.

Je plissai les yeux et la regardai fixement.

– Maman, tu es *télékinésiste*, pas *télépathe*. À moins que tu aies des multipouvoirs cachés ? Elle rit et lissa la jupe de sa robe.

– Pas besoin d'être télépathe pour deviner que les Normaux t'en font voir de toutes les couleurs dans leur école. Si c'est intenable, je comprends que tu veuilles en sortir. Mais je voudrais que tu ailles à ce bal et que tu profites des fruits de ton labeur. Ensuite, tu me feras part de ta décision.

– Fruits de mon labeur ? Voyons, maman. Il ne s'agit que de décorations. Mais peu importe. Je n'avais pas l'intention de me débiner. Lily et Avielle devraient arriver d'un instant à l'autre. Amuse-toi bien avec le shérif Poly... euh... Luke.

(Au point de vue mode, Luke est un désastre complet – quoi de plus beurk que des uniformes en polyester ? Mais quand il sourit, il sourit jusqu'aux yeux. Et c'est un bon début. Je sais que maman est une mère et tout, mais je veux aussi qu'elle soit heureuse. De plus, Chloé avait mentionné qu'il avait un chien, alors nous pourrons peut-être la convaincre d'adopter un chiot.)

La sonnette de la porte retentit et j'entendis Lily et Avielle m'appeler.

– J'y vais, maman. Je t'aime ! Je me précipitai vers la porte, puis m'arrêtai net. Je me retournai vers maman et courus me jeter dans ses bras. Bonne soirée. Hé, n'écrase pas ma robe ! Maman me laissa partir et je fis comme si je n'avais pas remarqué ses yeux tout mouillés.

– À plus tard, ma chérie. Dis au revoir à Chloé avant de partir.

Pendant que je descendais les marches du perron en faisant bien attention, Chloé arriva du jardin.

– Jessie, Jessie, tu es belle ! Lily ! Avielle ! Vous êtes jolies vous aussi. Je veux aller au bal. Tu me donneras ta robe, Jessie ? Et toi aussi, Avielle ? Et toi aussi, Lily ? Je serai assez grande pour les porter dans quelques années. D'accord ? D'accord ? D'accord ?

Je ris et la serrai, en évitant soigneusement les taches d'herbe et de terre sur son t-shirt.

– Tu peux l'emprunter quand tu veux, bout de chou. Allez, j'y vais. Sois gentille avec les parents de Phoebe.

Le gym était transformé. Avec les feux scintillants allumés, il ressemblait à une grotte aux trésors. Quelques braves âmes avaient revêtu des costumes de pirates. Mais la plupart des élèves portaient des vêtements de bal traditionnels – smokings et robes longues. Pas très audacieuse la mode à Skyville. (Je pouvais bien parler !)

Lily était magnifique dans ce qu'elle appelait sa robe de princesse captive, et Avielle était époustouflante en jeune femme pirate aguichante. Je me sentais surclassée, mais comme je n'avais pas de cavalier déguisé en pirate, j'étais contente de passer inaperçue dans ma robe toute simple.

Lily et John se plantèrent devant moi et me bloquèrent la vue. En fait, John tout seul aurait suffi à bloquer ma vue. Il avait la taille d'un char. Mais, je dois l'admettre, vraiment extra dans le genre Vin Diesel au lycée, mais avec des cheveux. Le commentaire de Lily à propos de triple X me revint à l'esprit et me fit sourire. John me tendit le bras qui n'était pas autour des épaules de Lily.

– Hé, la nouvelle, ne reste pas là à gober des mouches. Viens danser avec nous. Il me sourit comme s'il le pensait vraiment et pas juste pour être gentil avec la copine misérable de Lily. Je saisis leurs mains et bondis pratiquement sur la piste de danse.

– J'ai participé à la décoration du gym et je vais danser, ça c'est sûr. Je les lâchai et commençai à me trémousser sur le dernier morceau de Beyoncé, en remerciant mentalement maman de ne *pas* être un chaperon. Avielle dansa aussi avec nous – son petit ami, le disc-jockey, avait du pain sur la planche.

Tout le monde nous complimenta sur le choix du thème et des décorations. C'était vraiment sympa de rencontrer tous ces élèves que je n'avais jamais vus. La danse débuta sur cinq des meilleures chansons de tous les temps. Nous nous tortillâmes et sautâmes et tournâmes comme des défoncés. Je m'amusais comme une folle avec les Normaux. *C'était le plus beau bal de toute ma vie.*

Ensuite, sans crier gare, une chose terrible se produisit. Quelque chose que j'avais omis de prévoir. Quelque chose qui assassina sur-le-champ ma bonne humeur : un slow. *Je hais les slows.*

Le premier slow débuta et les couples se formèrent sur la piste. Je restai seule, près du bol à punch. Il n'y a rien de plus déprimant que de voir une centaine de couples se regarder suavement dans les yeux, lorsque personne ne vous offre de noyer votre regard dans le sien. C'est alors que je vis mon partenaire de labo tournoyer avec une des filles du club de nanotechnologie. *Génial. Même les geeks ont une petite amie.*

Je décidai que m'éclipser serait une bonne idée et planifiai ma fuite vers les toilettes. Je pourrais faire semblant de me remaquiller en attendant la fin des slows qui, je l'espérais, allaient bientôt s'achever, car je n'avais que du rouge à lèvres et un peigne dans mon minuscule sac à main chic. Cela n'avait aucune importance de toute façon, puisque c'était ma dernière soirée officielle à Skyville avant mon transfert à Belmont. Je me faufilai donc à travers la piste, en faisant mine de chercher quelque chose dans mon sac, pour ne pas avoir l'air de m'enfuir. Puis, je me cognai contre un mur. Un mur qui portait un smoking noir et qui était super mignon.

C'était Seth, et il n'était pas seul. Une fille vraiment jolie que j'avais vue à la bibliothèque à quelques reprises était accrochée à son bras. *Je la déteste ! Je le déteste ! C'était le pire bal de ma vie*. Je paniquai. Je l'esquivai et filai vers la porte.

Lorsque je sortis de ma cachette dans les toilettes, tout le monde se tenait autour du bol de punch. Je me joignis à eux et Mike arriva avec Kelli à son bras. Je devais reconnaître – dans la minuscule partie impartiale de mon âme – qu'elle était vraiment belle. Je n'arrivais toutefois pas à comprendre comment une fille aussi jolie, avec cinquante dollars d'argent de poche hebdomadaire et un quart-arrière pour petit ami, pouvait être si peu sûre d'elle. *Faut croire qu'il n'y avait rien à comprendre.*

Mike et John se donnèrent l'accolade typique des gars de foot.

– Hé, mec, content de te voir. C'est arrangé avec les gars; ta couronne est assurée. J'espère que ça signifie que tu seras des nôtres bientôt. Ton aide sera bien appréciée contre Orange Park.

Lily, Avielle et moi roulâmes des yeux simultanément lorsque tous les gars se mirent à parler football.

– Vérification des cheveux ? suggérai-je. Elles approuvèrent et nous laissâmes Kelli en rade, au milieu d'une bande de gars discutant de stratégies offensives. En passant devant la table pleine de ballons où se trouvait l'urne pour l'élection du roi et de la reine du bal, je chuchotai :

– Est-ce que c'est sûr ? Avez-vous entendu des rumeurs sur le vote ? Avielle hocha la tête.

– J'ai dit à la classe de théâtre de faire passer le message de voter pour Lily et John. Quoi de mieux qu'une bande d'artistes pour répandre une nouvelle. Je crois que c'est bon.

Lily se rongeait les ongles. Ils semblaient assez ravagés.

– Je ne sais pas. Personne ne me parle sauf les gens du club d'échecs. Ils ont dit qu'ils voteraient pour moi par solidarité pour les intellectuels. J'espère qu'ils n'ont pas répandu *ce* message. Je doute que cela améliore ma côte de popularité.

Je ris.

– Au moins, on n'aura pas à s'inquiéter de recomptage et de confettis mal détachés. Elles me jetèrent toutes deux un regard furieux. Pfff. J'aurais pensé que les Floridiens se seraient remis de toute cette histoire d'élections présidentielles. Quelle susceptibilité !

Elles poussaient la porte des toilettes quand une voix m'écorcha les nerfs comme des ongles en acrylique glissant sur le tableau de M. Platt. C'était Kelli et elle caquetait. La méchante sorcière du *Magicien d'Oz* en stéréo. Le son horrible venait de derrière les rideaux de l'estrade que nous avions installée pour le couronnement.

– Si Lily croit qu'elle va être reine du bal, elle se fourvoie carrément. C'est *ma* couronne, et ce n'est pas sa petite tête enflée qui la portera.

Je paniquai un instant à la pensée que j'entendais Kelli murmurer de l'autre côté de la salle – en dépit de la musique et d'environ deux cents autres voix. D'accord, j'avais une superouïe, mais tout de même. (Maman dit que l'écoute sélective, c'est « l'effet de cocktail party ». Même dans une pièce bruyante, pleine de monde, vous pouvez entendre votre nom ou la voix d'une personne qui produit un effet émotionnel sur vous. Kelli produit un effet émotionnel sur moi, c'est sûr. Elle me donne envie de vomir.)

L'une des sous-fifres maléfiques de Kelli parla.

– Pourquoi crois-tu que je me suis insinuée dans le comité du bal ? Tu penses que j'aime obéir aux ordres de Mme Einstein ? En tant que membre du comité, j'ai une raison parfaitement légitime de déplacer l'urne derrière les rideaux pour compter les votes. De plus, j'ai élaboré les bulletins de vote. Alors, tout ce qu'on a à faire, c'est de jeter les vrais bulletins et de les remplacer par ceux que j'ai remplis cet après-midi chez moi. Aussi facile que d'enlever un bonbon à une anorexique.

Je sentis mon visage faire le truc du nez retroussé. Elles allaient tout foutre en l'air. Je restai figée devant la porte des toilettes, me demandant comment exposer leur complot sans parler de ma superouïe.

– Est-ce que tu m'évites ?

Je sursautai et levai les yeux vers Seth sans le voir vraiment.

– Jessie, qu'y a-t-il ? Qu'est-ce qui ne va pas ?

Seth mit un doigt sous mon menton pour soulever mon visage et me regarda dans les yeux.

– Que s'est-il passé ?

Je n'étais pas tellement d'humeur.

– C'est qui ta petite copine ? Tu devrais plutôt t'occuper d'elle.

– Quoi ? Quel est le problème ?

Je soupirai. Pas de temps pour les jalousies personnelles.

– C'est Kelli. Elle est en train de détruire tous nos plans. Viens, je vais t'expliquer. Je le tirai hors du gymnase, dans le corridor menant au hall d'entrée. Nous nous arrêtâmes derrière la vitrine des trophées.

– Écoute ça, lui murmurai-je. Puis, je lui racontai tout.

Plus j'en disais, plus Seth s'enrageait.

– On aurait dû intervenir bien avant. Elle est devenue un monstre qui se croit tout permis.

– En tout cas, elle ira jusqu'au bout si on ne l'arrête pas. Et Lily et John seront séparés à jamais. Cette pensée m'était abominable.

– Ouais… et l'équipe de football n'aura pas John. C'est abominable.

Ai-je mentionné que les gars viennent d'une autre galaxie ?

– Quoi qu'il en soit, il faut faire quelque chose. Seth approuva.

– Tu as raison. Des idées ?

Je réfléchis une minute, puis souris.

– En fait, oui. Que penses-tu de ça ? Je lui exposai mon plan et Seth se mit à rire.

– Tu sais que tu as de la chance ? Tu es une fille totalement jolie doublée d'une superhéroïne.

Ma mâchoire se décrocha.

– Hein ?

– Hein quoi ?

– Je suis totalement jolie ? Et ta copine alors ? Il sourit de nouveau.

– Nous reprendrons cette discussion après avoir réglé le problème des élections.

– Quelle discussion ?

– *Cette* discussion. Sans oublier celle que nous avons eue sur la plage concernant cette chose que je veux faire avec toi. Tu n'y échapperas pas, crois-moi.

Il attrapa ma main et me tira dans le corridor vers l'entrée latérale du gym. J'essayai de ne pas tomber de mes talons hauts, mais la pensée de ne pas échapper au baiser de Seth m'étourdissait et me laissait sans voix pour la deuxième fois de ma vie. Anticipation ? La petite voix du bon sens me demanda : « Et sa petite copine alors ? » *La ferme !*

Voici le plan. J'allais recourir à ma superouïe pour m'assurer du retour de Kelli et de sa complice diabolique sur la piste de danse. Puis, je devais me mettre en mode hypervitesse, piquer un sprint derrière le rideau, attraper l'urne et l'emporter dans la salle d'informatique.

Il s'avéra que Seth était aussi un maniaque de gadgets. Il était comme Q dans les films de James Bond (mais en beaucoup plus jeune) ou comme ce Marshall de la série *Alias* (mais en beaucoup plus mignon). Je veux dire, donnez-lui de la gomme à mâcher et un serre-cheveux et il en fera un cellulaire ou quelque chose du genre. Comme c'était les geeks... euh... membres du club d'informatique qui avaient créé le nouveau système de vote, Seth m'assura qu'il pouvait s'introduire dans le système et défaire ce que Kelli et ses acolytes avaient fait.

– Bon, les bulletins truqués sont tous dans l'urne. Laissons-la ici pour M. Platt et Somnifère qui feront le dépouillement. Cette couronne est à *moi* !

Kelli et ses amies ricanaient et j'entendais leurs talons aiguilles alors qu'elles sortaient de derrière le rideau. Je jetai un coup d'œil du bord de l'estrade et vis leur dos s'éloigner vers le bol de punch – manigancer, ça donne soif.

Je pris une profonde respiration et me mis en mode hypervitesse pour la première fois depuis l'épisode de l'alligator. En une demi-seconde, j'étais derrière le rideau et soulevai l'urne. Trois secondes plus tard, j'étais à la porte de la salle d'informatique. Je croisai et dépassai plusieurs personnes, mais aucune ne semblait me voir. Toutefois, quelqu'un parla d'un bizarre courant d'air. *Génial ! Même Flaque ne se déplace pas aussi vite en hypervitesse. Un de ces jours, je lui montrerai combien je suis rapide*.

– Hé ! Je suis occupé... oh, c'est toi. Ça alors ! Pour être rapide, c'était rapide.

Seth tenait un paquet de fils d'imprimante dans une main et un minuscule tournevis dans l'autre.

– Tu ne perds pas de temps, toi non plus. Qu'est-ce que tu fais exactement ? Je déposai l'urne sur la table.

– J'ai traficoté cette imprimante pour masquer la croix dans la case Mike/Kelli de chaque bulletin et marquer la case John/Lily à la place. Pas mal, hein ?

Il semblait assez fier de lui.

– Pas mal pour un Normal. Mais, dis donc, le génie des maths, tu ne trouves pas ça bizarre que tous les bulletins soient en faveur de John et Lily ? Je veux dire, c'est évident que Kelli votera pour elle-même. Seth eut l'air surpris pendant une minute; puis il se mit à rire.

– Et c'est ainsi que l'élève sage dépassa le maître... Je n'avais pas pensé à ça. On en laisse, disons, douze ? Cela inclura les meneuses de claque et leur petit copain martyr.

J'ouvris délicatement le fond de la boîte afin de pouvoir le recoller sans que cela ne paraisse.

– Douze, c'est bien. Bon, nous y voilà.

Ça fonctionnait ! Il était pratiquement impossible de voir où les bulletins avaient été modifiés. Mais c'était beaucoup trop lent; d'un instant à l'autre, ils pouvaient décider de passer au dépouillement et découvrir l'urne manquante.

– Dis, est-ce que je peux passer les bulletins en supervitesse ? L'imprimante est capable de fournir ?

– Elle le sera dans une minute.

Une demi-minute plus tard, grâce aux petits coups de tournevis magique de Seth, j'alimentai l'imprimante en supervitesse. En passant les derniers bulletins, je réalisai que, de ma place, je pouvais garder un œil ouvert sur la salle de danse. Je me concentrai sur un point juste au-dessus du plancher et pointai ma vision aux rayons X à travers le plancher de la salle d'informatique et le plafond du gym. Je chancelai un peu, comme prise de vertige, lorsque le plancher se volatilisa.

Seth saisit mon bras pour me stabiliser. Je regardai au-delà de mes pieds, qui ne reposaient sur rien, vers la piste de danse. M. Platt et Somnifère se tenaient à l'endroit le plus éloigné de l'estrade et conversaient ensemble. Fiou !

– Ça va pour le moment. Ils ne sont pas... Oh, merde ! Évidemment, ils se dirigeaient maintenant vers l'estrade. Allez, un petit coup de superécoute. Je zonai et canalisai comme jamais auparavant. Presque aussitôt, je piquai droit sur la voix de M. Platt.

– ... et puis elle a découvert les joies de l'algèbre. Je te le dis, Maria, c'est extraordinaire de pouvoir apporter la lumière du savoir à un élève.

Je roulai des yeux.

– Contente d'avoir illuminé votre monde.

– Quoi, qu'est-ce qui se passe ?

Je fis « chut ! » et me figeai de nouveau.

– Ils sont en chemin. Nous devons retourner cette boîte immédiatement ! Seth remit les douze bulletins restants dans l'urne et me la tendit. Je décollai à une vitesse encore jamais atteinte. Je me rendis jusqu'au gym puis derrière le rideau tandis que les professeurs se rapprochaient de trois mètres. Je venais juste de reposer l'urne sur la table quand un froissement de rideau se fit entendre.

C'était trop tard pour fuir. Je regardai désespérément autour de moi, puis m'accroupis derrière la table. J'étais franchement foutue. J'entendis murmurer et je me concentrai pour voir à travers la nappe. C'était Kelli avec Mike à ses côtés.

– J'ai tout arrangé. Il était hors de question que je laisse cette arriviste assommante et son raté de petit ami remporter nos couronnes. Ne t'inquiète pas, elles sont à nous.

– Kelli, idiote sans cervelle ! J'ai *tout* fait pour que John gagne. S'il est élu, sa famille reviendra ici et notre équipe de football remportera le championnat d'État. Ce qui signifie davantage de dépisteurs à ma recherche, Kelli. À la recherche d'un quart-arrière, c'est-à-dire, *moi*. Si tu fous ça en l'air, tu le regretteras amèrement.

Je n'avais jamais entendu Mike parler aussi froidement. Kelli poussa une sorte de glapissement.

– Je ne pensais pas... je veux dire... pourquoi tu ne m'as *rien* dit ?

La voix de M. Platt s'éleva.

– C'est l'heure du dépouillement.

Kelli sanglota.

– C'est trop tard maintenant. Fichons le camp d'ici.

Ils se précipitèrent vers le bord de l'estrade, sans un regard dans ma direction. Mike suivit Kelli mais, juste avant de quitter les lieux, il se retourna vers la table et, n'eût été de la nappe, il m'aurait regardée droit dans les yeux. Ensuite, il fit un clin d'œil. Bouche bée, je le vis descendre de l'estrade tandis que

Somnifère y accédait par le côté opposé. Je pris une longue inspiration et m'échappai à la vitesse hyper V.

Dans le couloir, je ralentis après avoir bien vérifié que personne ne pouvait me voir. Je poussai un immense soupir de soulagement et lissai la jupe de ma robe qui s'était un peu aplatie autour de mon corps à cause de la vitesse. Pendant que je tirais sur les bretelles de mon soutien-gorge pour redonner du volume à mes seins, j'entendis des pas et me figeai.

– Jessie ! Je te cherchais.

C'était Mike. J'étais sûre qu'il se doutait de ma présence derrière la table. Je me tus et retins mon souffle. Allait-il me dire qu'il savait tout ?

– Jessie, je sais tout.

Non !

– Je sais que tu m'as vu avec Kelli à la Maison du Burger et que c'est pour ça que tu m'as largué. Écoute, ce n'était pas mon idée. Elle m'a trouvé, s'est installée à ma table et s'est en quelque sorte jetée sur moi.

J'expirai lentement. C'était donc *tout* ce qu'il savait ?

– Ouais… c'est ça, Mike. Tu essayais vachement de détacher tes lèvres des siennes quand je t'ai vu. Il sourit, l'air penaud.

– Écoute, je suis un gars. Bon, il y a ce truc entre Kelli et moi – enfin, il y avait – mais c'est fini maintenant, et je le lui ai dit. Je ne suis donc avec personne et comme toi aussi tu es seule, je pensais qu'on pourrait peut-être partager notre solitude ensemble.

J'hésitai un instant, repensant à la liste de pour et de contre concernant Mike. C'était une équation que je pouvais facilement résoudre.

– Voyons, Mike. Tu es une vedette et je sais que tout le monde pense que je suis la débile de la classe à cause de toutes les choses stupides que j'ai faites depuis mon arrivée. J'imagine qu'en sortant avec toi, je sortirai aussi de l'alignement des ratées. Je réalisai que je serrais les poings et me forçai à relaxer. Mais, tu sais quoi ? Je m'en fous désormais. J'ai trouvé quelqu'un qui se préoccupe suffisamment de moi pour me sauver des crocodiles – ou alligators, ou autres bêtes tueuses. Quelqu'un qui pense à moi plus qu'à son propre fan-club. Et j'ai probablement tout foutu en l'air. C'est beaucoup trop tard pour que je lui dise combien je suis désolée, et je vais le regretter jusqu'à la fin de mes jours. Et malgré tout, je ne me rabaisserai pas à te prendre comme second choix.

Je tournai les talons, tête baissée, déterminée à sortir dignement en dépit des larmes qui menaçaient de diluer mon mascara. *Que ferait É ? Que ferait É ?* Je relevai mon menton et me dirigeai vers le gym. Et je vis Seth, debout près de la porte. Il avait dû entendre toute notre conversation. *Maintenant, la Terre pouvait bien m'avaler. J'étais déjà enterrée.*

Je bousculai Seth pour entrer dans le gym, sans un mot, craignant que ma voix ne trahisse mon émoi. L'annonce du roi et de la reine du bal ne devait plus tarder et je ne voulais surtout pas rater ça.

J'arrivai au bol à punch quelques secondes plus tard, juste au moment où le rideau s'ouvrit sur Somnifère et M. Platt qui saluèrent la salle d'un geste théâtral. Mme True monta sur l'estrade pour aider au dépouillement et le brouhaha qui régnait sur la piste de danse s'amplifia. Les sportifs, les membres du club d'échecs et tous les autres, à l'exception du groupe de meneuses de claque, se mirent à scander :

– John et Lily ! John et Lily ! John et Lily !

Pour Lily, John, Avielle et moi, l'attente était insoutenable. *Tout le monde* se demandait si John et Lily allaient être élus. *Je* me demandais si j'allais me faire prendre. Allaient-ils remarquer notre supercherie ? Allaient-ils nous condamner, Seth et moi, à faire des plaques d'immatriculation en prison jusqu'à la fin de nos jours, pour avoir trafiqué les élections ?

S'il vous plaît, faites qu'ils ne nous envoient pas en prison. Les rayures horizontales ne m'avantagent pas du tout.

Finalement, après une éternité durant laquelle je vis toute ma vie défiler devant mes yeux, M. Platt et Somnifère s'entretinrent avec Mme True. Cette dernière sourit, puis s'empara du micro. Tape, tape. Squiiish.

– Est-ce que c'est ouvert ?

Les hurlements de la foule d'étudiants entassés autour de l'estrade étouffèrent le grincement du micro. La directrice sourit de nouveau.

– Alors, sans plus de cérémonie, je suis fière de vous annoncer que le roi et la reine du bal de l'automne 2004 du lycée de Skyville sont... John Bingham et Lily Warner !

Nous criâmes leur nom et des applaudissements frénétiques fusèrent. Avielle brandit son poing en l'air et je vis John soulever Lily, toute abasourdie, et la serrer fort contre lui. Pendant qu'ils montaient sur l'estrade, Seth apparut de nulle part et m'étreignit.

– Tu as réussi, Jessie ! Tu as réussi !

Je le serrai à mon tour, malgré ma gêne. Je sentais ses bras autour de moi.

– Non, Seth. *On* a réussi. On forme une équipe du tonnerre. Nous nous retournâmes vers l'estrade et applaudîmes et tapâmes du pied et sifflâmes. La fragile couronne en aluminium que Mme True déposa sur la tête de Lily sembla se transformer en or pur pendant un bref instant. Lily fut couronnée reine des pirates et John était de retour chez lui.

Du coin de l'œil, j'aperçus Kelli rouge de colère quitter le gym en furie. *Dommage, Kelli. C'est la meilleure qui a gagné*. Étant qui je suis, je ne pus m'empêcher d'entendre Kelli engueuler sa complice et me traiter de tous les pires noms sur le chemin menant au parking. Pendant un moment, je me crispai et voulus sortir lui dire ma pensée. Mais je me détendis. Qu'est-ce que cela pouvait-il bien me faire ? John et Lily avaient gagné. Kelli et ses sous-fifres ne comprendraient jamais ce qui était arrivé. Je n'avais rien à lui prouver.

Cela signifiait-il que j'avais finalement acquis un peu de ce contrôle dont grand-mère parlait sans arrêt ? Je crus entendre sa voix transpercer mon esprit : « Bon, il était temps, Jess. Et ne m'appelle pas grand-mère. »

Je souris et m'abandonnai contre Seth, puis le repoussai. *Pfff ! Où avais-je la tête ? Je m'étais ridiculisée un peu plus tôt dans le couloir et, pire encore, il était ici avec une fille*.

Après avoir été couronné, John saisit la directrice et lui donna deux grosses bises sur les joues, sous les hurlements ravis de tous les gars. Mme True rougit légèrement et se contenta de sourire. Elle remit les sceptres à John et à Lily, recula de quelques pas et se mit à applaudir. Seth s'approcha de moi et murmura à mon oreille :

– Quel délice de voir un plan se réaliser, hein ?

Je me délectais donc du succès de notre travail d'équipe lorsqu'un drame frappa de nouveau. La copine de Seth apparut. C'était plus fort que moi. J'étais incapable de la (et encore moins de les) confronter. J'optai pour la dérobade. En me précipitant vers la porte à une vitesse juste inférieure à la hyper V, je trébuchai dans l'ourlet de ma robe et sortis de mes souliers. *Ah ! Cendrillon, version stupide Jessie*. Plusieurs personnes m'aidèrent à me relever. Je lissai ma robe et remis mes pieds dans mes chaussures. Seule ma fierté en avait pris un coup, comme toujours.

– Je vais bien, merci. J'ai les jambes un peu molles, euh... après toutes ces danses, balbutiai-je, tout en cherchant désespérément un moyen de filer. Le problème de Lily était résolu – John reviendrait bientôt à Skyville; mon aide n'était plus requise ici et j'avais sûrement un pot de crème glacée qui m'attendait à la maison.

– Jessie, attends-moi !

C'était Seth. Il me rattrapa et me saisit le bras.

– Tu vas bien ? Je t'ai vue tomber, mais j'ai dû arracher Lucinda de mon bras.

Je le regardai méchamment.

– Ce n'est pas gentil de parler comme ça de ton amie, Seth. Tu n'es pas du genre ignoble comme Mike, si ?

Il fallait que je sorte de là. J'avais les nerfs à fleur de peau. Je dégageai mon bras et me tournai vers la porte. Seth me prit par les épaules et me fit faire un demi-tour complet. J'en fus un peu étourdie.

– De quoi parles-tu ? Si je suis ignoble ? *Quelle* amie ? Je ne suis pas venu ici avec Lucinda, Jess. Je suis venu ici pour toi. Pour toi seule, tu m'entends ?

– Je... euh... d'accord. J'avalai difficilement et regardai par terre. *Pas de pleurs… pas de pleurs… pas de pleurs…*

– Bon. Tu veux danser ?

Je figeai carrément. Avait-il dit...

– Hein ? Je le regardai. Il me souriait. D'un sourire absolument parfait.

– Je suis venu seul, en espérant te trouver. J'ai réalisé que j'étais en train de laisser ma stupide fierté me priver de ta présence ce soir. Et si on repartait à zéro ? À moins que... que tu sois accompagnée par quelqu'un d'autre ? Ou que tu aies changé d'avis par rapport à Mike ?

Il me regardait sans détourner les yeux, mais je vis sa mâchoire se serrer légèrement. Je n'étais peut-être pas la seule à être subitement nerveuse.

– Non, personne. Et surtout pas Mike. Je suis avec Lily et John et Avielle et son copain le disc-jockey. Je suis avec plein de gens et, en même temps, avec personne. Je rougissais jusqu'aux oreilles, comme seules les rousses peuvent rougir. Seth n'avait pas l'air de s'en faire. Il me souriait toujours et me tendit la main.

– Alors, recommençons à zéro. Salut, je m'appelle Seth Blanding. Je t'ai remarquée à l'école. Je te trouve belle, et intelligente, et drôle. Tu veux bien m'accorder cette danse ?

Mon cœur fondit comme un tas de gélatine informe. Je pouvais littéralement sentir la chaleur et l'électricité émanant du contact de nos mains traverser mes neurones et mes synapses. Et la situation continua à s'améliorer.

Il m'enlaça et nous dansâmes. Un long slow. J'*adore* les longs slows. Nous dansâmes et dansâmes et dansâmes – parce que le disc-jockey avait mis le lecteur de CD sur le pilote automatique, afin de pouvoir danser avec Avielle. Je flottais comme dans un rêve, et lorsque je redescendis de mon nuage, Seth m'envoya au septième ciel.

Il embrassa mon cou. Un baiser doux, gentil, telle la caresse d'une plume. Mais le contact de ses lèvres juste en dessous de mon oreille envoya une onde de choc à travers mon corps. Lorsque les frissons s'apaisèrent un peu, ma première pensée cohérente fut l'espoir de ne pas finir dans une maison de retraite pour femmes n'ayant jamais été embrassées.

– Jess, je veux être avec toi ce soir. J'ai peut-être été ton second choix, mais je peux t'assurer qu'après ce soir, tu ne pourras plus jamais m'oublier.

C'était une réflexion tellement *masculine*. Je sentis illico des frissons parcourir de nouveau mon échine.

– Tu *es* mon premier choix, Seth. Tu es mon *seul* choix.

Il resserra ses bras autour de moi et me regarda. Lorsque ses yeux se posèrent sur mes lèvres, je me dis : « Ça y est, finalement. » Il allait finalement m'embrasser, maintenant, sur la piste de danse.

Mais quelqu'un cria : « Eh DJ, on s'endort ! » et je sortis de ma torpeur. Tout le monde, sauf moi, en avait assez des slows interminables. Zut et rezut ! Alors le disc-jockey nous réveilla avec du Outkast et du No Doubt. Seth pointa le bol de punch en levant un sourcil. J'approuvai de la tête, car je n'étais pas sûre de pouvoir sortir un son de ma bouche. Toute cette histoire de premier baiser était décidément la seule chose qui me rendait sans voix.

Seth prit ma main fermement et nous marchâmes vers le punch. Lily et Avielle nous croisèrent en chemin.

– Seth. Tu es beau comme un cœur, superbe ! dit Avielle.

(Je donnerais la moitié de mon argent de poche à vie pour être aussi à l'aise qu'elle.) Seth sourit.

– Tu es magnifique toi aussi, en jeune pirate allumeuse.

Avielle fit une pirouette.

– Évidemment, mais appelle-moi allumeuse en dehors de ce soir et je t'envoie sur la planche des condamnés.

– Je marcherais volontiers sur la planche si toi et la reine Lily m'y attendez au bout. Il fit un petit salut ridicule mais tout à fait charmant à mes yeux. Lily rougit.

– Merci. Et merci à toi, Jessie, pour tout ce que tu as fait pour que John et moi soyons élus. Tu es la meilleure.

– Oh, ce n'était pas grand-chose, dis-je en souriant. Si elle savait ! Je me donnai mentalement des tapes dans le dos pour mon témoignage de super amitié. John nous rejoignit en brandissant son épée en plastique.

– Aagh ! Pirates, écartez-vous de ma reine et personne ne se fera saborder !

Nous éclatâmes tous de rire.

– John, je ne crois pas qu'on puisse *saborder* quelqu'un, dis-je. Il brandit son épée vers moi et souleva son cache-œil, feignant de me jeter un regard furieux.

– Ceci étant dit, je m'incline devant Sa Majesté le pirate, ajoutai-je, en me pliant en deux. Nous nous entassâmes autour de la table en quête d'un verre de punch. Seth mit un bras autour de ma taille et me tira contre lui. Le sentiment de chaleur et d'abandon qui m'avait envahie plus tôt me frappa trois fois plus fort. Je levai la tête vers lui et lui souris. Il se baissa et murmura à mon oreille :

– Est-ce que tu t'amuses ?

Je lui souris et lui murmurai en retour :

– C'est le plus beau bal de toute ma vie.

Après le bal, Seth et moi nous retrouvâmes enfin devant chez moi, sur le porche. Il n'était vraiment plus question que je quitte Skyville. Je n'avais jamais vécu une soirée aussi parfaite de toute ma vie. Et le meilleur restait à venir.

Seth m'embrassa. Un doux baiser de rêve qui donne des frissons partout et qui ne goûte pas l'assouplisseur. Ma tête allait exploser de bonheur. Puis, j'ouvris les yeux pour plonger mon regard dans le sien. Et je me mis à hurler. À travers la fenêtre éclairée, par-dessus l'épaule de Seth, je voyais maman embrasser Luke.

– C'est ma mère ! Elle embrasse un type ! Je ne me remettrai jamais du traumatisme émotionnel que ce moment horrible va causer et des cicatrices qui...

Les lèvres de Seth recouvrirent les miennes de nouveau. Bon, d'accord. Un baiser, c'est un premier pas dans le long processus de guérison d'un traumatisme émotionnel. Je ne suis plus une fille de quinze ans n'ayant jamais embrassé un garçon. Mon seizième anniversaire allait être génial !

Jax Abbott écrit depuis l'âge de quatre ans. Elle avait alors décidé d'être soit une écrivaine célèbre, soit un loup-garou. Finalement, elle exerça mille et un métiers, dont le pire consistait à préparer des burritos pendant les journées tacos à volonté au Taco Olé, près de l'Ohio State University. La vue des haricots l'effraie encore.

Aujourd'hui, elle vit en Floride, tout près de la plage, et adore recevoir des nouvelles de ses lectrices. Visitez son site Web au www.jaxabbott.com.

Dans la même collection :